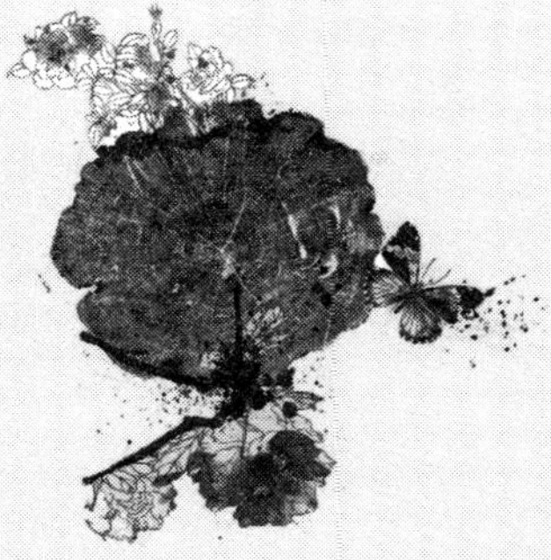

丙申年

BINGSHENNIAN

李万华——著

青海人民出版社

图书在版编目（CIP）数据

丙申年 / 李万华著 . -- 西宁 : 青海人民出版社，2020.7

ISBN 978-7-225-05982-2

Ⅰ . ①丙… Ⅱ . ①李… Ⅲ . ①散文集－中国－当代
Ⅳ . ① I267

中国版本图书馆 CIP 数据核字（2020）第 113425 号

丙申年

李万华 著

出 版 人 樊原成
出版发行 青海人民出版社有限责任公司
西宁市五四西路 71 号 邮政编码：810023 电话：（0971）6143426（总编室）
发行热线（0971）6143516/6137730
网　　址 http://www.qhrmcbs.com
印　　刷 青海西宁印刷厂
经　　销 新华书店
开　　本 890mm × 1240mm 1/32
印　　张 7.25
字　　数 170 千
版　　次 2020 年 8 月第 1 版 2020 年 8 月第 1 次印刷
书　　号 ISBN 978-7-225-05982-2
定　　价 38.00 元

目录 CONTENTS

之一

之二

之三

之一

丙申年

春天的河流

第十交响曲

跃迁与平行

时间之间

丙申年

一

坐在白马寺的一方石阶上，眼前是湟水河河谷。河谷其实足够开阔，尽管南北山之间的距离，不过半小时车程。湟水河的身影时常被楼层和树木遮住，偶尔闪现出来的一两段，有微白光斑跃于其上，看不出缓慢前行的模样，亦听不到淙淙水声。南山显得遥远，始终看不清山峰的容貌，烟云罩在那里，有时是炫目阳光。山脊上，草木应该没有多少，也肯定没有牛羊。河谷的大部分地方，是密集的灰色楼层，高低参差，一些信号塔矗立其间，还布有一些电网。夏季刚刚过去，树木尚在葱茏，大多是些旱柳，河畔有时会有蒲苇。靠近白马寺，湟水河北岸，余有几亩农田，但已荒芜，杂草葳蕤，几户庄廓伏于树木之中，路旁种植菊芋和高秆蜀葵。资料记载，自史前氏族开始，这里一直有人居住，彩陶、青铜、畜牧、农耕，各种文化曾经繁荣，融会交流，南北两山，也曾有原始森林覆盖。那时整个河谷被植物充塞，马鹿等大型动物时常出没。

白马寺建在北山的峭壁上，小小几间砖木结构的房子，石窟和大佛塔。彼此之间，由木头楼梯和石阶连接。一座修建在东汉后期的寺院，供有三世佛、观世音菩萨和喇钦·贡巴饶赛塑像，香火冷清。有一尊石雕的金刚佛，一个泥砌香炉，一个看守寺院的僧人，一只黑猫，三只由铁链拴住的藏狗，还有一组书架，多是藏文经书。黑猫高冷，时常卧在僧人的土炕上，有牛奶吃。一只藏狗原本养来看守寺院，另两只被人牵来放生，寺院僧人怕狗伤了附近居民，便用铁链拴起。僧人说，一次有人拿钱来买狗，要拿去吃肉，这样的事不能做，没有卖给他们。

我曾多次从远处眺望白马寺。那座建有寺院的丹霞地貌山崖，呈九十度峭立，不生任何植被。一些山崖如同斜逸的树杈，孤峰危立，摇摇欲坠。山顶风马旗，色彩始终鲜艳醒目。山崖某处，似有鹰隼居住。一次，我曾见得二十几只鹰隼在那里盘旋，久久不肯落下。据说因为飞机场扩建，白马寺所在山头需要削平，但后来还是保留了下来。

这是初秋的傍晚，太阳已经西移，耸立的山崖将影子投在自己身上，如同披上深褐色大氅，幽暗昏惑，但是山下，河谷一片金色迷蒙。寺中空无一人，风从河谷袭来，同时携带似有似无的酥油味道，藏狗在离经堂稍远的岩壁处，不出一声，猫估计去了山下游荡。应该是寂然的一时片刻，然而寺院依旧被一些声浪挟裹。这是来自河谷的声音，但绝非河水汤汤，我坐在台阶上，听得清楚。

这是来自高速运转的声音。火车、动车、高速公路和国道上的汽车，还有飞机，它们都要经过此处。火车和动车并不频繁，飞机来往，一半是因为要降落，能看清航空公司的标志，高速路离山崖最近，每一辆汽车呼啸而过的声音都听得清晰。那些来往的汽车，几乎都显得急不可耐，恨不得弹跳起来，划一条弧线，从这头直接跃到那头。我也曾在那条路上多次走过，人在车内，大多时候盯着窗外树木和山崖，注意力集中在视觉上，并没察觉到速度会有多快。现在，当我从一个静止的居高点上看去，那些嗖嗖而过的汽车，显得那般匆忙、焦躁，甚至带一些慌乱。

在我的住处，每个午后，都能听到邻近某单位播放的流行歌曲，它们总在固定时间响起，杂乱、聒噪，久久不散。我知道很多人会听见，也有很多人听不见。某次，我听着那些歌声想，如若那些歌曲换作其他，譬如一曲《广陵散》，一曲理查·施特劳斯的《最后四首歌》，或者莫扎特的《安魂曲》，如果那样，会怎样。我甚至想，如果当《最后四首歌》像一缕炊烟那样升起，在街道和楼宇间回旋，是否会有人停步，驻足，是否会有某种改变，在最细微的局部。

二

我的改变如同蹦极，但它们只在内部，外在的变化，由时间操控，我并不看重。轻描淡写都不需要，我只记下一些名字，以一种标志的方式：重楼、守宫、威灵仙、白英、龙葵、蛇莓、昆布、二花、木蝴蝶、射干、马勃、天龙、伏神、蝉衣、将军、山慈菇……如果你认为它们会是什么，那就是什么，因为名字，也不过只是一些符号。

在海南东坡祠，结识一棵树：榄仁树。树不高，树干散射开来，几乎覆盖半个湖面，红褐色叶子大如人脸，可以仔细描上五官。朋友叫它懒人树，觉得它不朝高空挺直，只向四周延伸的懒散模样，对得起这个称呼。

当年东坡在海南，闲暇之时，会到乡野采药。他的医学笔记曾记载，荨麻可以用来治疗风湿：将荨麻敷在风湿初起的关节上，身体其他关节的疼痛便会停止。荨麻长在青藏高原，更多时候是用来做一种名叫背口袋的小吃：将荨麻晒干，研细，和水，加入青蒜与盐做馅，烙饼，卷来吃，有点像春饼。荨麻的毒并不厉害，细刺蜇了人之后，抹点唾液即可。东坡的医学笔记上还说，苍耳制成白色粉末，内服，肌肤会白嫩如玉。护肤品我并不陌生，但未见有苍耳成分的产品。东坡也提到蔓菁、芦菔、苦荞。这些植物，也都在高原生长。

三

生长一方面是因为遵循规律，另一方面，是因为某种坚持。但在人的世界，很多时候，坚持并非因为勇猛和自信，而是，你与某件事狭路相逢，没有转身的余地，只得面对面，硬碰硬。逆流而上，顶风前行，窄胡同碰到劫匪，都是如此。傲雪梅并非高洁到不与桃李混芳尘，而是生来便已冰雪林中着此身。小说《雪国》里，居住山间的艺妓驹子独自练习三弦琴，没有老师，没有听众，只有乐谱和无尽的高山峡谷，驹子并不因为没人欣赏而停止练习，始终坚持，久而久之，弹拨变得豪放，凝结出力量。这样的例子，虚构作品中比比皆是，但在现实中，多数人的坚持，依旧混同柴米油盐的味道，因为生活要你如此。坚持有时带一定的盲目性，比如在暗夜迎一缕光前行，你不知道那缕光是来自良善之人的茅舍，还是来自蒸人肉包子的黑店。

公寓前有两株沙枣树，栽植时间大约较早，树干弯曲，枝杈遒劲，叶子稀疏，一派老年意象，但它对四季嬗递依旧反应敏锐。春季抽芽，端午时分开出淡黄色的花朵，米粒大小，藏在灰绿的叶子之间，风起时，缕缕清香。花谢之后，结出沙枣。沙枣仿佛大号的花生米，橘红色外皮布满银白鳞片，带些白癜风的嫌疑。树长得高大，果子又结在更高处，我从沙枣树下来去，偶尔仰头，试图摘一两枚来尝，但不曾得手。似乎再无他人对那些果子感兴趣，从不曾见人持竿打枣，拿弹弓的孩子也没有。深秋，沙枣熟透，如若衬着晴空，光线又恰到好处，看去，居然也有粒粒玛瑙的效果，但始终不曾有一星半粒掉下。大雪之后，叶子簌簌落尽，沙枣还是坚持留在枝上，被霜打过，渐渐干瘪。

我注意到沙枣时，微博里，一位德国朋友正在晒苹果照片，都是熟透后无人采摘，掉落地面的苹果。那些轻飘飘跳下的苹果，饱满，光洁，堆在树下杂草之中，无人看顾，着地的一面，开始腐烂。苹果沙枣一对照，我觉得自己还是欣赏沙枣的一根筋，尽管我想不出它能坚持什么，或者它什么都坚守不了，不过是它自身的组织比较坚韧，不易掉落罢了。

我以为沙枣会一直吊在那里，便是暴雪将枝子压折，便是大风终日不歇，待到来年，新果盖住旧果，浪涛汹涌。但一段时间之后，我见到沙枣还是日渐稀疏，尽管地面始终不见沙枣掉下。

离沙枣树不远，有一排健身器材，如若天气好，我会在那里活动十几分钟。惯常的情况是，我下楼时，人们已去了单位，院子便显得寥落。无所事事，注意力容易被身边飞过或者停留的鸟雀吸引，其实多是喜鹊，乌鸦不怎么来，斑鸠只是路过，鸽子旋在远处屋顶，泛起一团银光。一次，我见一只喜鹊在地面捡拾树枝，很挑剔的样子，像个处女座。地面树枝本来就少，捡来捡去，还是刚才的一枝。喜鹊衔了树枝，飞到楼顶，翘起尾巴，又开始啄枝子。起先我不明白它所作何为，后来见它再次衔了枝子飞去树上窝里，才明白它是在打磨树枝，大约想将粗糙的树枝磨得光滑一些，将窝铺的舒适些。我看着喜鹊进窝的那一瞬，突然明白那逐渐稀疏的沙枣去了哪里。

我始终不曾忘掉我的一些病友，尽管在一起的时候，我们相谈不过寥寥。

四

我们在一起的那点时光，以及根源，我一直在试图与之“和解”，而非遗忘，然而多数人却视它为洪水猛兽，这是悲伤生起的缘由。然而这悲伤，也只在我如此认为的时候存在。我不会始终想这件事情，悲伤便也不会始终存在。奥修说，悲伤有它自身的美，你要庆祝。

五

仿佛一株冬天的树，叶子落尽，枝杈布在清冷天空，失去声息。与他人的联系越来越少，并非刻意，而是顺其自然。过去似乎始终悖逆心性行事，尽管过去也始终行走边缘。现在明白，太过驳杂的信息没必要得到，经验也是，与他人共享的喜悦并不存在多少，面对苦难，已经习惯闷声不语。有时候，也会有选择性远离，因为不需要过多东西，赞誉、附和或者认同。除了接受、倾听和勉励之外，如果不能彼此照耀，使之澄澈清明，那将是一池暗水与另一池暗水叠加，如若那样，便是深渊。一场风暴相遇另一场风暴，不过是更大的风暴，不如自处，彼此平复。心思的简单越来越可贵，生活的细节可以繁复，因为无关紧要。

晚间下楼去买牛奶，经过一株海棠树，抬头探看冬日的海棠枝子时，天上明亮的一团突然晃过，唬人一跳，定睛去看，原来是月亮。想起此前消息，说今晚的月亮将是六十五年来最大的一个，觉得这话哪里不对，但没有深究。有些话被说出来，很多时候由于随机，仿佛上网买几个陶盆，商家说，形状是随机的，这表明，你将拿到的陶盆，到底是何模样，你并没有决定的权利。这样的话，意思明白就行。看上去，月亮果真与往日不同，大，皎洁，仿佛冰块刚刚被擦拭打磨，又用清水濯过。年少时期，冬至日会将泉水结成的冰凿回家，储存起来，当零食吃。今晚的月亮，捧半个嚼起来，应当也有冰柱相击的清脆。走几步，想起一句诗："细嚼清风还有味，饱餐明月更无渣。"将月亮摘来吃，这样的想法，原来已经过时。

想象一件事物，过多思索往往趣味顿失，不好玩，不如蓦然撞见之后脱口而出的话有意思。之前一次出去买橙子，见到半圆的月亮，第一反应便是感叹：半碗水终于端平了。亦有一次，在小巷，仰头见到月亮，瞬间开心：月亮像黑猫的眼珠子，好奇地盯着人间的我。

大多数日子，在家一天，晚饭后才出门。并没有要紧的事，无非是去超市购一些零碎，到水果铺买点水果，或者只是在街上走一走。路灯总是昏黄，槐树庞大的影子在地面，是灰黑深褐的一团，街头尚未清阔，车子驶过，带些许寂寥，行道旁的人们，却已经散漫，遛狗者正在出没。借夜色掩护，与人碰面，无须打招呼，走路畅意，也感觉安全。月亮始终在天空，拐弯或者从店铺出来，一抬头，就能见到。以前见到的月亮何故总是清冷幽寂，如今，却发现月亮如同亲人，与我们这般不离不弃。

境由心生，一位格西曾郑重告诉我。

格西同时告诉我，最容易失控的，是人心，遇到好事便心花怒放，遇到坏事便沉闷忧伤，要知道变化如影随形，好坏时刻都会颠倒，人心如若跟随，起伏之间，相互对照，便会痛苦。缘何如此，我问。格西说，因为太看重自己。

六

然而，事情之间根本无法决然断去联系，事物之间，亦复如是。万物群生，连属其乡，禽兽成群，草木遂长，原本如此。有时午后醒来，会发觉世界异乎寻常地安静。屋子里没有任何声响，窗外也没有斑鸠和洒水车的声音传来，连往日不曾间断的，某处高楼上的喇叭也绝了声响。记得某篇小说中，一个名叫罗伯特・梅里威瑟的业余侦探去侦查一起命案，他根据森林的寂静而假定凶手在附近的存在：安静到了死寂的程度，便有些可怕。然而我还是感受到某种安宁，如同湖面的水汽那样，正在浸润开来，我甚至想：那些离世的人，应该都在这样的安宁中来往，白衣飘飘。

某次午睡，时间过长，居然没有做梦，连迷糊时偶尔闪过的一些黑白片段都不曾有。记得睡前读的是庄子的一则寓言小品：儒以《诗》《礼》发冢，大儒胪传曰："东方作矣，事之何若？"小儒曰："未解裙襦，口中有珠。《诗》固有之曰：'青青之麦，生于陵陂。生不布施，死何含珠为？'""接其鬓，压其顪，而以金椎控其颐，徐别其颊，无伤口中珠。"读这样的小故事，应该做一个精彩的梦予以回响才对，然而没有。以前曾做过一个人口吐珍珠的梦，一个居无定所的人，白天，他在一条尘土飞扬的马路上来回行走，不停驻，也不看路旁风景，夜晚到来，当墨色将所有事物覆盖，他所行走的路面会渐渐铺上发光的珍珠，原来是他一边行走一边口吐珍珠，梦中有人旁白，说他白天所有的时间，都用来养育腹中珍珠。那时读庄子不多，如若熟知这则寓言，此梦应该属于抄袭。

这一年重读庄子，是因为在庄子的文章中发现佛陀的见地。依旧无法放下分别心，试图将庄子和佛陀做一比较，不过这种想法很快淡去。渐渐读熟，渐渐察觉到庄子文章的好，居然有些着迷。着迷一个故去几千年的人，是一件不容易的事，因为除掉文字，再无从知晓他的任何信息。不知相貌，不明喜好，不熟悉逸事行踪，没有可供闲谈的任何边角材料，这大约也是当今一些人轻易便能被众人瞩目的原因，如同一只孔雀，它们依凭华丽羽毛存在，而不是如同云雀那样，不肯栖落树木，只愿在高空鸣叫而亡。

梦不肯造一个庄子形象出来，只得依凭想象，但想象又始终逃不掉记忆的残余，这样，眼前出现的庄子，还是书本中经常出现的那个，一个笼统的古人，没有任何特征。我知道那些画图不足信，便懒得看，试图擦掉它留下的印迹，怕它深入梦境。梦是唯一有希望见到庄子的地方，不应该有预设的庄子存在。有时，一种胡搅蛮缠的想法会突然出现：庄子的身体有某些方面的不足。这样去想，显然不厚道，我明白根据还是出自那个名叫申徒嘉的兀者："知不可奈何而安之若命，唯有德者能之。"一个曾经行吟、曾经怫然而怒、曾经写得一手磅礴文章的人，却没留下关于自己的文字。庄子是一头大象，后来人只能摸到他的局部。

七

自然，会有一些特别时日出现，仿佛另类，但绝不是异端。电影《黄金罗盘》中说，有不计其数的宇宙和世界，它们彼此平行，在有些世界，人们的灵魂存在于躯体之内，而另一些世界，人们的灵魂与躯体并肩同行，化为动物形貌的守护灵。想一想，这些平行世界里的日子，也该是平行的，像此处的一把草和彼处的一把草，风过时，它们同时起伏。我的日子和你的日子也是平行的，但绝没有相似处。

清晨，未及洗漱，先跑去摘樱桃。樱桃红得正是时候，却不见芭蕉。这是燕山深处，自然没有芭蕉展叶的诗词景象，但是北方的植物，依旧一派幽深。也有几株白樱桃，夹杂在红樱桃树中。白樱桃看上去要比红樱桃安全，令人放心，红樱桃太过俏皮，容易惹是生非。樱桃结得太密，彼此之间没有缝隙。一簇之中，拣大粒的樱桃摘去，留出空间，希望小樱桃能有继续长大的余地。夜晚的雨，还挂在樱桃上，雨滴大不过樱桃，看上去，仿佛露珠。樱桃树不大，随意沿台阶栽植，因为没有修剪，槿篱似的一道。估计是老旧品种，红樱桃小巧而甜，白樱桃憨大而酸。山中有许多鸟雀，樱桃长得这般安然无恙，让人不得其解，大约是山中还有太多山楂、板栗、杏子的缘故。

山里的雨，如脾气暴躁的人，根本没有隐修者的柔顺与温和。我的记忆中，山雨来得总是安静，如同小兽，轻轻巧巧，踩在朽叶上，踩在花瓣边缘，踩在苔藓和蘑菇的顶端，既便是叩打屋檐，也仅仅是一滴水摔碎的声音。但这里的雨，哪怕是沉寂的夜，也要哗啦一声，仿佛袋子里的蚕豆被倾倒在冰面，仿佛一把手摁住琴键。这样的肆无忌惮，忽而扑来，忽而退去，忽而成排，忽而散开，似乎窗外有一支庞大的古代军队，被将军指挥，正在变化阵形。

通常的情况是，夜来一场雨，白昼天空放晴，朗日一轮，但是这一场雨反复发作，并且迁延。一阵紧锣密鼓，停歇半个钟头，窗玻璃上的雨水尚未滴尽，又是一阵冲锋陷阵。如此一天，算下来，竟有十几场雨。感觉山坡上的房子快要被大水冲下，几欲破门出去，觅得一角安全处。然而门外的世界，已明晃晃地，如在水底。

带在身边的书很快读完。有时坐在屋檐下的石凳上，刚读几页，风从山上下来，仿佛一伙匪徒，衣领被粗暴地掀起，身边梨树枝子晃得厉害。读到困倦，将书搁到石桌上，进屋睡一小觉，出去时，发觉书本还在保持原样：没有任何人过来拿起书翻一页，再原样放下，也没有落叶覆在上面，一只小虫子都懒得走过来。有时陷在暗色的沙发里读，没有雨时，窗外便有鸟叫。鸟叫是另一阵雨声。

读到一句，大意说，证悟相当于某种终极幸福。联想到当前日子，不禁一笑。

似乎再无其他事情可做。这一段突然到来的日子，没有任何安排，不需完成任何事情，饭都不需自己动手，只要你将这段日子过完。仿佛是正常时日的衍生物，是额外之物，馈赠者将它们抱来，哐当一声，放在你的脚下，任你随便怎样处理，不问好坏，不分优劣，松弛紧张，都不影响时间进度。甚至可以将它们压缩，打包，填塞到另一段日子中去，只要你能做到。然而这多出来的日子，不能整天去摘樱桃，不能整天读书，不能整天听雨，不能整天都坐在山坡……计划外的任何一件事情，一旦持续时间过长，便会生出惶恐，觉得是在荒废，无法全然放下心来，觉得必须要及早逃离才对得起谷风习习。

面对阔绰，显得如此拘谨，想来大多数人还是无法真正洒脱。

八

过去的许多人，我与他们并不相识，尽管我熟悉他们。这种隔着时空的熟悉，有时显得极为单薄，像附在叶子表面的一层灰尘，翘指一弹，便消失不见。对此我并不愧疚，也没有忏悔的必要，一厢情愿的事情，一旦我忘记，便不存在伤害与否。但有时候，这种熟悉又厚得富有弹性，牢不可破，仿佛我脚底的土壤，仿佛那一缕掀过我衣袂的风，仿佛呼吸，仿佛我手掌深深浅浅的纹路。

想象是怀念他们的一种方式，但绝不是唯一方式。这种想象涵盖所有，形貌是一个部分，言语是一个部分，抚掌大笑和黯然神伤是一个部分，有时候，借由某件事物想象某种情境是一个部分。然而这某件事物，也是少之又少，并且真伪难以鉴定，一幅字画，一件器物，一篇文章，一本书，一些饰品，甚至是，一堆白骨。想象他们，不会有愉悦生起，不会兴奋，不会躁动，当然更不会勃然大怒。只是一些怅然，一些寥落，一些清寂，仿佛我站在芳草长川的路旁，看他们渐行渐远的背影。

这一年的最后一天，12 月 31 日，坐汽车去中川机场，沿途一直看窗外快速闪过的山脉。这些位于黄土高原和青藏高原交会处的低矮群山，由于干旱，山坡很少见到植物，也没有雪，尽管已是深冬。只有反射耀眼白光的干硬土层，夏季山水在其表面留下痕迹，有时又是丹霞地貌的崖壁，曾经的沉积物色泽分明层层铺排。山坳之中，建有庄廓，道观和小小庙宇蹲踞山头，羊肠小道将它们与山下大路相连。

我对这里素有“东方庞贝”称号的喇家史前遗址，柳湾史前彩陶艺术，以及它们的后来略有了解。天翻地覆的灾难，动荡不安，荣耀，角斗，审美的自觉意识，诬陷……但现在，只有群山。凝视的其间一瞬，我眼前似乎晃过无数身影，他们奔跑，追逐，仿佛涨起或者退去的浪潮。

如果将时间之中所有的身影定格在胶片上，再快速播放，如果确能如此，展现在我们眼前的，何尝不是风中的树木在此起彼伏。但是这些山脉，这些见证者和亲历者，不发一言。我于是明白我喜欢群山的原因。

然而，然而，何人月下临风处，起一声羌笛。

春天的河流

一

搬了家，又可以坐在阳台上看山，这多少是件欣慰的事。以前，坐在旧屋的阳台上时，也能看见两面山，只是后来那些山渐渐被矗立起来的楼房淹没，最终只剩下一两个山头，在楼层的缝隙间，若隐若现，仿佛灰色波浪上小小的汀洲。但总归是聊胜于无的，有时偶尔一瞥，也能碰见一抹田野的绿，一道油菜花金黄的影子，或者薄薄一层雪，心中会因此一震：原来季节早已跑到人的前面了。想一想，何尝不如此，季节总是不声不响地往前走，两袖清风，了无牵挂，而人总是拖拖沓沓，从来没有爽利干脆的时候，仿佛拽着一张巨大的网。人的影子粘贴在地面上，若不是嘲讽，便是一种证明。

再见的山，原始意味荡然无存。山自然是原来的山，然而几经磨难，山头原先的草木早已不见，现在生长的，不过是人工栽植的树木，云杉、刺柏，以及一些松类，种类单一，行列整齐，仿佛一头假发套在那里，感觉一场大风便能将其掀去。说是过去，那些山坡曾被原始森林覆盖，树木蓊郁，无有天日，林间葳蕤多种尚未绝迹的植物。但这并不影响从远处去看，距离的好处就在于：错觉总比真实的感受丰盈，并且良善。

住在二十六楼，前面再无遮挡，隔了大玻璃，能看到逶迤山影连绵而去。冬日光线，总从山的背面射来，罩住山头，使之朦胧，仿佛寒烟细雨。早晨和傍晚时分，青色烟岚还会变幻出些许色彩，淡紫、浅灰、橘黄，并且浮光跃金。光线移动，堆积，似乎并不均匀，山坳之中，总是深浓，这使眼前山脉，显得层峦叠嶂，似乎满目青葱正在涌动，幽寂亦在涌动，虫豸藏伏其间，间关鸟语亦在其间。有一时，我甚至觉得，那些青色山峦中，杏树正在开花，轻盈一团如在云上，清风过时，粉白花瓣飘落，树下，潇潇剑士伫立苍茫。山下本是绕城公路，汽车往来不绝。光线罩在路面，泛起另一层光来，成为白道，汽车顶棚亦被光线打亮，驶过时，仿佛爬过一些银色甲虫。

我自然明白，山如何横陈，路如何延伸，汽车如何呼啸，尘埃如何遍布。然而，我更愿意凝视光线所给予的假象。白道青山了然在，并非如此，我知道那些显现不稳定、不长久，并且出自我的猜测和臆断，我越是明白它们的短暂与不可靠，明白它们片时的幻化与变形，越是关注。如此一意孤行，然而不贪恋、不黏着，我知道这不过是风行水上，水流无痕。

偶尔会有鸟影闪现，都是寻常鸟雀，普通人家的儿女那样，也便习惯于它们的忽来忽去。有一日，撞见一只黑色大鸟，误以为是乌鸦路过，没有正眼去瞧。但它并没有一拍翅膀不管不顾，而是反复在我眼前打转，仿佛故意寻衅滋事。我于是看见它翅膀上暗藏的棕褐色，那是一种蛰伏起来的色彩，只有阳光照射时才能看得清楚，

而在背阴处，它依旧是一片黑色，

我想到草原上的金雕，但不敢确定。然而这一念升起时，才发觉楼前哗然翻飞的银色鸽群，已是多日不见。

二

人经历的事，必定会越来越少，像那些一闪而过，再不见踪迹的鸟。成长是累积的过程，还是消减的过程，并不清楚。很多时候，感觉在不停地接受，经验、知识、道理，以及规则，仿佛往一个袋子里装东西，胡乱填塞，无有止境。但最终在黑暗的袋子里，那些储藏物会发生怎样的反应，并不清楚，即便有某些简单规律可循，人与人又不一样。

矛盾始终存在，像遍布道路的野草。不能飞跃，你必得一步一步慢慢走。拔除不尽，它的根系在土壤之中，你不能将土壤铲除干净，因为土壤也是你的根。柔软或者尖利，野草的茎叶并不一致，你不能挑拣。平衡需要掌握，不能让偏颇过于明显，此外还需权衡和取舍。但这些依旧不够，矛盾最终会成为一件紧身衣，你在里面，越来越小，直到，你都不知道自己得到了什么，或者失去了什么。

得失早不是衡量成功与否的标准了，如果我们还在为此计较，我们的成长无异于全然的荒废，甚至于，连一点枯去的印迹都不曾有，因为我们忙着一边成长、一边挖坑将自己埋葬。成功与失败，在某种意义上，也不存在。只有发展，并且将始终在行进中，才会不倾颓、不衰朽、不盛极、不终止。这样的路径，也只在平白处。

经常遇见什么都知晓的人，每一个被谈起的话题，他们拈来，都游刃有余，仿佛人世万象只是一颗芥子，翻转腾挪，依旧不过渺小一粒。起初曾有感叹，自愧弗如，也因此试图将自己置于风口——总能吹鼓一些吧，哪怕是借来的。然而某一日，当我再次感受诸多判断与探究、定论与抉择时，竟然有瞬间的黯然神伤。

我喜欢看孩童的眼睛，也喜欢看小猫小狗的眼睛，我于他们的眼睛中，得到某种寂静和安宁，我也从那里得到从容、自由和欢欣。

三

别离也在越来越少。有人说，随着儿女长大，随着老人离世，别离会越来越多。那怎么会。所有的别离都已安排就绪，不会增多，亦不会减少，仿佛去年或者今年的雨，仿佛你的或者我的记忆。昨晚和鲁院同学告别，他端起酒杯，说："此去经年，不知何时相见……"我打断他的话，笑说："我们离得这样近，不是你来，就是我往。"然而在目送他转身之后，还是想："谁能保证这次道别不是最后的道别。"

倒春寒之后，风大起来。算一算，也该是七九河开、八九燕来的时节。高原冷，物候不能按照中原走，但大致还是差不多的。安静的时候，总能听见风在窗户上发出各种声响，大多时候是某种哀怨与凄厉，起初以为是楼高的缘故。能在二十六楼发出声音的风，总该是瘦高瘦高的，在夜晚可以披件黑色长袍，在白日则善于隐身，他该有一副音调齐全的嗓子，多愁善感，喜欢独处。听得多了，慢慢发现这些风声只在客厅的窗户上发出，在卧室，则安静的似乎窗外并没有风过。卧室和客厅是同一个方向的，风不会在几平方米之短的距离内消失掉，观察几日，原来是风过凸起的纱窗，气流改变所致。

有时候，夜晚安静得仿佛进入深山，银河的喧响虽然早已消逝，星月也未必皎洁，但空气流动的声音仍旧依稀可辨。夜晚在夜晚的时候，大约也在沉沉睡去，酣梦淋漓，顾不得灯下清醒的人。读一段闲书，或者抄几页经文，偶尔起身，在房间来去，倒一杯水，剥半个橘子，波斯蕨的叶子正在幽暗处披离，凤仙开出的花，白中带粉的几朵，隐在光线淡薄的一角，龟背竹的花盆里是有条蚯蚓的，但它埋在土壤中，不出声，小瓦盆里的多肉，则像一个个酣睡的霍比特人。毫无征兆的，风在这时会突然在窗棂上响起，像一个远路跋涉而来的人，爬在那里呜呜地哭。

“我回来了。穿过前院，我环顾四周。这是我父亲的旧农场，中间是个小水洼。破旧的不能用的农具，乱堆在通往阁楼的楼梯通道上。那只猫潜伏在楼梯的扶手处。木棍上的破布在风中飘动，曾几何时在游戏中它派过用场。我回来了。”

然而他不是卡夫卡笔下那个归来的人，怎么会呢。我放下手中的活，仔细听，听不出他自何来，要归何处。他只是伏在那里，仿佛要将经历的所有艰辛和苦楚，所有深渊，一一哭完。我不敢动，感觉他就伏在我的肩头。一个男子，怎能那般幽怨呢，我想，然后等待，总归会平息的，风起草偃，流光滑向低处。但他却又突然止住，仿佛倾诉错了对象，不好意思地抬起头，瞅一瞅，扭身离去。

他在别人的窗户上，大约也是如此。因为隔了不久，四五分钟的时间，他又折回，爬在那里，继续他的哭泣。

四

电影《时间旅行者的妻子》早年就已看过，那时只关注主人公亨利无法治愈的慢性时间错位症，见他在时间中往来穿梭，如同一尾游离的鱼，沧桑与青葱并存。那时感觉不到他的苦，却觉得拥有这样的病，实在是天意厚之：过去并非过去，未来并非未来，时间是一朵纷披的九月菊，每一枚展开的花瓣，都是一个起点，时间从来不会在一条直线上消失。前段时间，再次观看，听到亨利给妻子克莱尔讲消失的感觉时，竟然垂泪：有时突然站起，手脚有点刺痛，之后就不在原处，有时候感觉瞬间恍惚，之后就会裸体站在别处，可能是曾经去过的地方，可能不是，不知道这样的状态会持续多久，于是开始行走，直到找到衣服，之后感觉跟别人一样，只是独自一人无依无靠，等着再次消失。

如此这般，亨利总在不经意间消失，穿越之后，到达时间另一端。或者此前，或者此后，年龄在时间中，始终变化。他离开的时候，无法带走衣服，连戒指都带不走。因而当他出现在另一个地方，他总是赤身裸体。他出现的那个地方，动物园，丛林，办公楼，商厦，别人的屋内……那总是另一个地方，他在那里，首先要寻找衣服，然后逃离。他因而遭遇许多次追捕，被警察带走，被陌生人殴打。他和克莱尔正式在一条时间线上相遇的时候，他们其实在克莱尔的童年就已相遇过。

这之间，第一次观看与第二次观看之间，时间到底过去多久，已不再清楚，大约是五六年，最多也不会超过十年。十年之前，与十年之后，我在其间已有无数变化。十年之后的我，早不是当初的我，十年之前的我，亦不是现在的我。十年之前，谨慎相对，但觉世事好玩；十年之后，万物哀痛，皆惊我心，却又漠然。

佛讲求因果，指明业主导轮回，生生世世，我们的神识随风游荡，有时此处，有时他方，若不修行，将始终飘零，无以停靠。这跟风中的一片枯叶，水上的一枚落英相似，风让你飞，你便在半高不高的空中，水让你回旋，你便在湍急的低处。除去这种论述，我们在此世间的行走，其实也是孤单。东坡说，“石榴半吐红巾蹙。待浮花、浪蕊都尽，伴君幽独”，哪里会这般如意，我们的依存只建立在彼此依存的基础上，如若失去，或者不平等，我们终将被抛弃，我们将始终是独自前行的那一个，秋雨晴时泪不晴。

我因此将那个爬在窗棂上哭泣的人，想象成一个亨利一样的人，或者是我们中间的，随便哪一个。

亨利在 40 多岁的时候死去，那次他穿越到一片丛林，人们正在狩猎，他的岳父举起枪瞄准猎物，结果亨利中弹。这部电影其实改编自小说，小说中，82 岁的克莱尔终于等到再一次回来的亨利，亨利依旧 43 岁。那一刻，克莱尔想起亨利临终前给她的那封信：时间没什么了不起。

是，时间没什么了不起，时间依附在他物上，仿佛一些影迹斑驳的青苔，说得不好听，时间不过是一些透明的寄生虫，躯体带着弹性。但谁也主宰不了发生在时间中的事，变化早已候在那里，仿佛长路上的那座桥，你不能视而不见，也不能，择他路而前行。即便是《时间机器》中制造了时间机器的哈德金博士，也无法拥有这样的能力，他所有的努力，只能换来一句感慨：我以一千种方式回到过去，艾玛就会以一千种方式死去。

五

也有无风的时候，那一刻，哭泣的男子大约停顿在某个角落，他一定已经泪尽而疲惫，需要休息。高原的早春没有一棵树肯开出花，没有一株草发芽，没有浓荫，也没有遍地的紫云英，人们习惯在没有质地的阳光中活动，习惯一群麻雀披着脏污的棕色衣裳，蹲在刺玫裸露的枝杈上啼叫，也习惯了尘埃如同细雨，遍地洒落。

理查·施特劳斯的《最后四首歌》之后，继续听他的《变形》。《变形》因为题目框定，有标注，更容易理解。这首为 23 件弦乐器所写的作品，因为每件乐器都要保持自己的独奏，要有性格、路径和方向，要分别将主题呈现，要自由发展，要转调，使得这首曲子初听上去，哀伤绝望中稍显忙乱。

然而总能从曲子中听出某一件乐器在独自行走。虽然它也织在整体之内，却没有盲目随从，不像一滴水融入另一滴水，不像一片云汇入另一片云，而是，仿佛一朵花开在盛放的花枝上，朝暮之间，阴晴之时，都在努力保持自己的明艳。自然，有时会有一点若即若离，仿佛它出一会儿神，仿佛它要离开了，要山高水远，芳草萋萋，但在目送之际，又慢慢回转身来。不过距离还在保持，那是一星微光与一缕清芬的距离，过与不及，不偏不离。

这是一阙哀歌，据说手稿上注有“哀悼慕尼黑”字样。二战后期，慕尼黑歌剧院、维也纳国家歌剧院、德累斯顿国家歌剧院，这些曾见证施特劳斯荣光与辉煌的地方，均被战火焚毁，作曲家自己也已历经身心的诸种沧桑起伏。他看到精神和物质世界的重重疮痍，于是重新阅读《歌德全集》，以“变形”一词写下这曲挽歌。这时，年迈的施特劳斯，他的风格已迥异于他的交响诗时代。“变形”在此处具备多重意义，它既可用来形容此时作曲家的心理路程，在音乐的曲式上也具有醒目提示。

排除掉此处的特定用意，在不同的文化环境中，“变形”自有其不同含义。它的变化跨越清浊两极、升降两极、生死两极，它既象征死亡，也象征升华。

卡拉扬第三次录制的《变形》版本，有人形容其“心有猛虎，细嗅蔷薇”，一曲听下来需要二十五六分钟，可以绕广场走两圈。高原三月的广场，一切仍是冬日模样，下象棋的老人裹着棉袄；跳锅庄的人群中，身姿绰约的藏族女子依旧拖一袭长袍；快走的人，使劲甩动手臂。广场中央的草坪大块铺展，未曾修剪的枯草如同兔狲腹部的长毛。去年的沙枣掉下来，仿佛路人扔进草丛的红皮花生，山荆子果还挂在枝梢，赤颈鸫们显然衣食无忧，有人在山楂树下练习萨克斯，低沉的乐音不时跑调。塞了耳机，广场上的声音便成为陪衬，这是一种让人感觉心安的声音，不远不近，仿佛一盆温水，探手进去，冷热刚刚合适。很奇怪，听过几遍，已经从《变形》中感受不到过多的哀伤了，也感受不到多少绝望。我知道那支曲子是哀伤的，但已经不是我的悲伤。我只是单纯地听它们起伏、跃动、滑翔，单纯地感受乐句变化，并寻觅主题怎样雾气般漫起，又怎样如薄雪消融。

个人的哀悼早已进行过了吧，我想。无数假寐的夜晚，窗前站立的薄暮时分，驻足的乡村路旁，一圈又一圈在广场上无意义地行走，以及，记忆的碎片和梦幻，在那里，在那时，时间如同一具棺木，它将过去的那个自己运走。不留痕迹，不出一声，没有仪式，没有送别，然而哀悼确实如期进行。如同所有对他人的哀悼，对自己的哀悼最终也将一次次结束，接之而来的，是对下一阶段的次次期望。期望风清月白，期望凤凰涅槃。

只是，远离哀悼，当我尝试将结尾的乐句安排在一个芳草长川的别离中时，音乐中那个远去的背影始终不肯出现。我觉得场景已经足够，长亭短亭，柳色如织，春雨驿桥，笙歌散尽，但就是没有身影在斜阳中踯躅独行。相反，如果当深色背影自乐句中偶尔晃过，我看见暗旧的城市已被黑灰笼罩，楼层成为废墟，道路坍塌，空旷街头，没有一株植物存活，没有流浪狗，道路向尽头无止境延伸，那个微微蜷曲身体的背影，在那里，被低沉的天空压得越来越小，他与风清月白毫无关系。

大约就是这样，升华在某种意义上，不过是一种告别。

六

天气晴好的日子，连续几天都听不到窗棂上的风声，有些不适应，仿佛因为某种原因，那些风声停在远处赌气，我因而感觉愧疚。下楼在院子走一圈，试图寻觅，发现早晨是干冷的，空气都是固体的冰，傍晚的冷，却是线性的，那是无数的风被拉成硬条。我察觉到平静的不确定性，以及暂时性，便折身回去。大约没有一种平静是恒久的，我想。

昨夜梦中，我见到十年后的自己，我确信那是我，但无人证明。在梦中，雪已经将整座山峦覆盖，但山的轮廓清晰依旧，那是嵯峨峥嵘的山峰刺向天空，也有雪不曾覆盖的地方，那是山体的褶皱，那里大约种植杉类植物，因为冬季，那些树冠已经成为深棕。雪早已停止飘落，天空没有放晴，但也不再阴沉，那是一种容易被忽略的天空，仿佛不存在。积雪的白色异常耀目，梦境因而被映照得明亮通透。要知道，梦境很多时候是模糊的，像一团黏稠的糨糊。高大的山体间，没有河谷，只有一条路在蜿蜒。那依旧是一条被积雪覆盖的道路，它的形态足够优美，并且在继续延伸。那是一条动态的道路，仿佛一条春天的河流，尽管它也是白色的。我站在某个高处俯瞰，看到道路，告诉自己，那条路就是自己。

我也看到花。花盛放在路一侧的积雪中，只有一丛，绽开的花，一大团，仿佛牡丹，又似木绣球，但不芬芳、不艳丽，它的花瓣只裹一些暗黄，仿佛蒙着夜晚的光。

有人提醒我，不要经常记录那些琐碎的梦。那怎么可能。梦不过是一种形式，一个素朴的载体，它代表一个人尚未灭绝的希望和幻想，它是健康的，用意纯良。感觉对梦境过多的分析不必要，因为梦不懂得营造，不知编织，梦没有多余的衣裳。但梦可以成为一种尺度，用来衡量，当你连梦都已经遗忘，除了死寂还能是什么。

比起窗外的风，自己已经足够平静了吧。波澜已经过去，暗潮在深处停止涌动，大变动在狂暴的风雨后，碎为泡沫。如果如同泥巴那样捏出的平静一碰便碎，那么用火淬过的平静，也该有了金属质地，它应该如同一件乐器，一旦碰触，便有悦耳的声音。

说不定窗外的风已经变形为春天，无处寻觅，却无处不是身影。因为道路必定是要延伸的，圆旋转起来，便是无限。

第十交响曲

一

戴着耳机，沿广场外侧慢走，一圈走完需要十五分钟。如果再慢一些，中间停下看看跳舞和对弈的人，或者草坪上的喜鹊和花灌木，则在二十分钟以上。听一支曲子，稍短的，走一圈便可听完，如果长一些，譬如勃拉姆斯的《德意志安魂曲》，则需要五圈。不停歇地走五圈，对我来说，有点难，因此很少听。我原本可以坐到槐树下的长凳上听，但当我落座时，纵千古横八荒的容易走神。其实这也是个借口，真正的原因是，连续听长达八十分钟的安魂曲，实在受不了：曲子中的悲伤和哀悼太多了，大海与群山一样将人淹没。时间中容易出现的某些东西，我早已混熟，再不会被它引诱，深陷其间。如果是三年前，我完全可以将莫扎特的《安魂曲》不厌其烦地听，走路听，坐车听，有时入睡前闭了眼睛听，但现在做不到。

三年与两年，或者一年，时间有时是连续的，但有时，时间如虫蛀的叶子一样破碎。我初读《红楼梦》时年龄小，世事不知，语文知识也没有多少，看上去捧着一本书读，其实大致的故事情节外，余者一概不明白。犹记芦雪庵即景联句一章，见湘云接岫烟一句“难堆破叶蕉”，虽不明其意，但觉得某种好，便将叶蕉一词拿来做名字。多年后，在网上见一句“芭蕉叶大能堆雪”，哑然失笑，原来芭蕉叶也可以这般蠢笨。时间自然还是完整点好。但科学家说，时间是有起点的，源自一种开始。它寄生在宇宙身上，当最初的一个奇点爆炸时，它也爆米花般散开来，然后膨胀，塌陷，复归为零。时间会像一枚果子那样结出，然后霉烂，消失不见，我不怎么相信。即便确实如此，我还是不信。我希望时间是电影《2001 太空漫游》中的那块黑石碑：它就在那里，蛮横，不讲理，得到或得不到启示，那都是你的事，它就要在那里悬浮着，挡住你的眼，让你着急。

如果时间果真冥顽不化，亘古长存，人大约才会放下心来，才会期求更好，而不会及时行乐。然而果真如此，似乎也不竟然，电影《时光尽头的恋人》中，因某次意外而不再衰老的阿戴琳，一脸青春的姣好，却依旧被问题困扰，不得不一次次离开熟悉的环境而隐姓埋名。可见很大程度上，困扰人的依旧是时间，而不是人本身设置的峰峦叠嶂。时间是所有花的根源，是所有雨的汇合处，是所有风的方向，也是所有梦与幻想的终结地。它集善良邪恶于一体，仿佛口袋内的黑白子，在不为人知处，机关算尽，但看上去依旧黑白分明，纯真无辜。

自然，如果一边走一边听贝多芬的《第九交响曲》，需要四圈。不管天气怎样，走四圈身体都会微微出汗，体内的气顺畅开来，仿佛鼓胀的袋子被戳开一个洞，瞬间明月清风。许久不听了，大约是太熟悉的缘故，但这并不妨再去听一听。前几个乐章，听得松散，可以走走神，但在欢乐颂部分，人一下被音乐攥紧，被吊起，仿佛风中的树木或旗帜。欢乐颂里面，始终有一个完美的贝多芬存在。他在现实中什么样，无关紧要，红褐色的脸，灰色眼珠，还是土黄色脸，黑色眼珠，脾气暴躁，还是性格孤傲，都没关系。欢乐颂复活的，是一个皎洁明净、玉一般温润的贝多芬，在其身上，一切苦难不是苦难，一切深渊不是深渊。欢乐颂也将完美的人类形象高高托起，我必得仰头，再仰头，直到被我们自己的希望感动。

音乐就是这样，有时候，它会呈现作曲家自己的身影，如人对镜；有时候，它又如水面，倒映出黄冠草履、葛衣鼓琴的他人。

其实完整的贝多芬只有在他的晚期弦乐四重奏中才能看到。在那里，他已消瘦，他的额角隆起，他的黑发已白，并且如狂蛇乱舞。他奔跑在傍晚的暴雨和疾驰的风中，也踟蹰在无人的窄巷和幽暗的林中小径。他的眼睛依旧像大海上的月光，然而他的声音，已浸透冰凉。世界早已变成一张幕布，他伸出的手，可以将它抓破，但就是没有回响。

《第九交响曲》是贝多芬与这个世界的积极融入，而晚期的弦乐四重奏中，贝多芬已与世界渐渐剥离。

二

起先，我只关注广场外侧繁密的一道地锦。大约栽植时间已长，它们层层叠叠爬满黑铁栅栏，一边又探出卷须，伸向旁边一排槐树。槐树本不粗壮，地锦烂缠上去，仿佛一堆古代的衣裳。有些地锦长势旺盛，一路飙升，将叶柄搭到槐树枝梢上去，又从那里垂下，似乎是槐树长出的气根。夏天，地锦将槐树之间的空隙塞满，成为密不透风的绿色围墙，每次走过，都觉得一群龇牙咧嘴的小兽正隐伏其间。地锦逐渐变红的时候——它总是从悬挂在槐树高处的叶子开始，我试图拍下红叶在光线下的绚丽妖娆，但总是失败：要么叶子红成深渊，幽暗堆叠，要么光线过于强烈，耀眼一团，遮住天空。

这样，当我一次次仰头探看地锦的时候，不经意地，发现广场中间的几株白桦，已经黄得透亮。

白桦原是山间高士，长在广场，鹤立鸡群，我偶尔走近它们，探寻来自山野的气息。三月，它挂出棕色的葇荑花序，毛茸茸一树，我去摘一枚细看，却发现那是它的旧年种子。在杨树和榆树忙着挂满毛毛虫之际，白桦以假乱真，童趣十足。然而之后，如其他不事张扬的树木，白桦在花灌木和果树的喧嚣中失去声息：开不出绚丽之花，叶子也不大，并且长满黑斑，树皮虽然泛出白光，但终久被遮蔽在绿掌之下。以为一生将如此寂寥，以至老僧已死，坏壁无由，不料在花灌木和果树都处于青黄不接的尴尬之时，它突然摇身一变，仿佛莫扎特的一支小步舞曲，轻快而醒目。

秋天就应该这样，以为夏天尚未走远，花将一茬接过一茬，苔痕将碧绿，虫子将羽化，突然满树的叶子酱红橘黄，仿佛聚会时众人谈兴正浓，一人忽然起身，抱手作揖，说要走了。如此爽快利落，不留情面。

走过去，坐在离白桦不远的椅子上，本想坐得更近点，但白桦树下有人正在吹口琴。我小时候是见过口琴的，只是玩，从不知可以吹曲子。吹口琴的人面对草坪，将一个背影递给我，其实也在递给所有人：他弓着的腰，仿佛怕别人将他的口琴夺去。吸引我的是一曲《化蝶》，曲子我会背，便小声跟着唱，后来吹《草原上升起不落的太阳》，我猜那是一个生于五六十年代的人，荒废的日子和激情的日子一样多，果然，之后又是一曲《边疆的泉水清又清》。除去我，再没人注意他。离他不远的海棠树旁边，一群穿绿夹克、黑短裙的年轻女子跳某种快节奏的舞，更远处，广场的中央，一大圈人正在跳锅庄。看上去是一对夫妻在领舞，女子高挑纤细，黑色拖地藏式长裙，黑色窄檐小礼帽，系黑色刺花腰带，男子白色藏式皮袍，红色高筒靴。舞姿奔放，草原上一般。人们关注跳舞的人，或者蜷在椅子上假寐。吹口琴的人虽然背对人群，却将琴声用一只小音箱放出来。

他的背影和小音箱告诉我，他欲疏远，又欲亲近；他欲隐去，又欲复出。他是矛盾的人，不同的自己与自己对谈，尚未安宁。

围着木头椅子，来自牧区的男子喜欢下一种藏族围棋。我站在旁边，围观过几盘。大致路数与走法，虽不清楚，但也明白一些，比起围棋的老谋深算，黑白子的围追堵截更显直接。直接明了，这是我现在所习惯的，我已经将说话方式，从早年的欲言又止变得简洁了当，我想我的行事风格，也已发生变化，仿佛封闭在高墙杂木下的一株薄荷，变身为高秆大花盘的向日葵。是啊，猜测与揣摩有何必要，担忧与不安又有何需，意思一旦明白，除去优雅与谦逊，除去善意与真诚，行事无需其他途径。我以前喜欢秋天，是因为它有智者的温和，而现在，更愿意看到它彻悟后的明亮与安静。

三

又一次跑去和格西说话。这位弟子遍及海内外的寺院堪钦，刚刚结束一次谈话，面容略呈疲倦地坐在西餐厅等我们。这几年过来，格西已经知道，我除了提一些稀奇古怪的问题外，没有其他需求。每次见面我是一个更愿意以物理眼光看世界的人，每一个佛学问题都希望得到物理学的解答。有时候，这显得有点胡搅蛮缠，但有时候，能切中要害。

我也并不是因为对现实无能为力而另寻出路，我相信真实的世界只有一个，它似一颗冰清玉洁的水珠那样悬挂。我们眼睛习惯了的，不过是一部反复观看无数遍的影片，新意已失，套路与对白烂熟于心，如果不换欣赏角度，最终会感觉厌倦。科幻作品迷人的原因也在这里，它能肆无忌惮，将司空见惯的世界换个方向让我们看，让我们警觉，让我们怀疑，让我们不被过去和现在钳制。

但实际上，我们能与过去一刀两断吗？

我说，两年前，一位同学告诉我，我在某一个前世中曾执刀杀人，所以才招来此生这等横祸。我笑问格西，这到底应该是哪一世发生的事情。

其实，我和格西都明白，我不过以此事自嘲。格西微笑不语，但后来，格西还是说，智者应发菩提心，而且，要为过去忏悔。

我有无数过去，如同无数翻过去的白昼和黑夜。那些夜晚不可能一律风清月明，一如过去的白日，不可能全部艳阳高照。当我站在林木森森的谷地，或者岩石嶙峋的峰顶，我会明白，来路已经就此别过。回望有时是一种进步，如果在回望时，能看清被幽暗遮蔽的水面，或者被鲜花覆盖的墓碑。

坐在广场的椅子上，眼前有那么多的人在活动，有时，我会忍不住想象他们的过去。这是一件轻松愉快的事，因为只要凭借想象和一些观察即可做到。不过我也明白，除去大致情形，他们的过去对我来说依旧是一场空白，我可以揉搓一块橡皮泥那样，将他们的过去随意安置。也许没有一个细节可以吻合，没有一个场景可以重叠，我想象出的，不过是我曾经听闻或者路遇的片段。他们真实的过去，被沉淀在水草下面，没有声息。即便是现在，他们在这个卸掉灯光的舞台上，依旧像一些不肯发出声音的乐器。

我在学生时代喜欢二胡，希望毕业以后买一把来学。但毕业之后，我开始喜欢小提琴，原因是刚毕业时，二胡曲听得太多，以至于距离使美感尽失。然而小提琴也没喜欢太久，因为小提琴更容易走向极端，过于哀怨与过于华丽。之后，大提琴的沉稳敦厚，钢琴的轻盈与暴风骤雨，也都曾迷恋。然而过多的后来终于像一场初冬的雪，一点一点，将驳杂的色彩覆盖，并且使热度逐日下降，之后再没有一件乐器，过于偏爱。

所以你不能以一件具体的乐器来衡量我，如同不能以一些虚无的红黄蓝翠来指代我。同样地，我明白我眼前的他们，每一个个体都不再是一件单独的乐器。他们的每一个自身，都是一个乐队奏出的曲目，小型的室内，大型的交响，丝竹或者管弦，交织着矛盾，交织着记忆，交织着幽暗与明亮。

记得一位有经验的音乐人说，一支古典的曲子听上去似乎毫无头绪，实际上，它是在一个基础的旋律上反复，然后加些花样。如同年轻的医生告诉我，治疗的方案固定不变，变化的，不过是药物搭配的剂量，或者辅助的东西。这就是说，飞跃不会轻易出现，存在的，不过是缓慢的剥丝抽茧。

四

我所说的广场，实际上有许多树木和花卉，有大片修整过的草坪，不如说是一个小型公园。十几年前，此处尚属郊区，多居菜农，有老人去山上放羊，后来这座被夹在两山之间的城市慢慢扩张，这里成为开发区。广场上几株旱柳和一小片沙枣林大约栽植于新中国成立前，旱柳树干粗壮，需要两人才能合抱，树根裸露出来，在草坪上，如同一些褐色的爬行怪物。夏季，叶子伸展，树冠膨大似半空搭起的绿色帐篷，有时看见，不免想起《三体》中未来人居住在地下的房屋，那些房屋都建在高大树枝上，树木真正的叶子已经稀疏，大楼和别墅反而像发光的叶子挂满枝柯。沙枣有二十几株，因为年龄已长，树干爬满褐色菌类。树下草坪，被低矮的白色栏杆围起。沙枣结果，大约需要休息，今年就没结出几颗，也许是太老了，但树梢上一直悬挂着旧年的沙枣，已经干瘪黑去，仿佛粒粒羊粪球。

后来栽植的树木，都带些人为气息。圆柏和雪松，还有云杉，各自为阵，割据广场四角。垂柳和国槐沿人行道而植，已经成荫。山梅花、锦带花、暴马丁香等花灌木和果树随意点缀，几株西府海棠幼小得惹人怜爱。树木结果时，我还发现一株山楂，孤零零长在一边。据说初建这块广场时，曾栽植许多山楂树，但不知何故，后来这些山楂树被移栽到城西。我是和一位出租车司机聊天时听闻此事，我告诉司机，山楂树并没有移尽，还有一棵已结出果实，司机说，好，可以将那些山楂摘来泡水喝，山楂消食，以前常去摘。我一番好意，没想到司机心怀叵测，顿时后悔，为此专门跑几次去看那些山楂果有没有被他摘掉。

广场上还有一丛香荚蒾和一丛刺玫。香荚蒾是高原上最早开花的植物，人们从不叫它的学名，只以含有古意的“探春”称呼。香荚蒾开出花来，芬芳比丁香浓郁，嗅觉灵敏的人，很远就能辨别出来。刺玫丛中居住一群树麻雀，早春时节，喜欢聚在朝南的枝子上晒太阳，肚子饿了，便跳到刺玫树下找吃食。它们很少飞到广场外围去，也不到旁边的树木上嬉闹，看上去特别守规矩。我担心它们长此以往，将成为小国寡民，但在夏季的某一天，我去看它们时，发现只有刺玫花恣意绽放，其他已如楼兰古城消失不见。

我于慢走其间，还看到一对喜鹊夫妇筑巢，一只白鹡鸰波浪式飞翔，看到结出的梨将枝子压低，看到草坪上的蒲公英由黄花变成白雾……这是一个混合起来的林木团体，集诸多元素于一体：看到旱柳会想起河谷，看到柏树会想起园林，看到雪松会想起山峰，看到沙枣会想起村庄，同时，看到刺玫会想起木门斑驳的老院，看到海棠会想起瓦当滴水的屋檐，看到垂柳，会想起执手相别的堤岸。你不能说，它属于什么而不属于什么，或者代表什么而不代表什么。它如大河，看上去缓缓流动，除去水和跃动的光斑，再无余物，但它曾流经草原和雪山，流经旷野与大漠，它载有岩石和泥土气息，有雷雨风霜的记忆，有夜半鸟鸣，有黎明时星辰的一缕寒气。它是草木和时空的一曲交响。

在它们身旁，我是一棵移动的树，我愿以此标榜。我曾在梦境中见过一棵树移动的模样，仿佛一个身穿暗色长袍的女子，面容模糊，眉目不清。她四周没有任何明亮之物，她在幽暗的背景上如同背景幽暗，但是她有别于背景的滞涩和干枯。她在地面缓慢平移，没有起伏，也没有怔忪似的忽然停顿，仿佛一缕有根的青烟，在做匀速运动。她不同于莎士比亚悲剧中那排向邓西嫩移动的勃南森林，也不似刘慈欣《三体》中那些夜行军一样快速向前的树木。她不借助任何外物，但看上去又与外物融为一体。

五

曾经想，1827 年 3 月 26 日，那个狂暴的风雨之时，贝多芬的眼睛并没有被他人的手阖上，而是在短暂昏迷后，再次睁开，雷雨之后的光明重新将他照亮。一切虽然都没有往更好的方向发展，卡尔没有回头，听力没有恢复，生活依然窘迫，但第九交响曲的成功，毕竟给维也纳的听众带去了震撼。按照原来的计划，他在其后的几年或者十几年中，将继续写下《第十交响曲》《纪念巴赫的前奏曲》，为《奥德赛》谱曲，为《浮士德》谱曲……如若果真这般，那么他后来的音乐，什么样的思想或精神将成为主题。

罗曼·罗兰在《贝多芬传》中曾将音乐家的一生做过比喻："他的一生宛如雷雨的一天——先是一个明净如水的早晨，仅有几阵懒散的微风，但在精致的空气中，已经有隐隐的威胁和沉重的预感。然后，突然之间巨大的阴影卷过，悲壮的雷吼，一阵复一阵的狂风。然而白日的清纯之气尚未受到损害，欢乐依然是欢乐，悲哀保存着一缕希望。但自 1810 年之后，日光变得异样，最清楚的思想，看来也似水雾一般升华，所有的情操里都混合着一种热病、一种毒素。黄昏降临，雷雨也随着酝酿。随后是沉重的云，将夜染成乌黑，挟带着大雨。突然狂风暴雨之际，黑暗裂了缝，夜在天空被赶走，白日的清明又还给了我们。”

诚如所言，贝多芬的前几部交响曲，人生中该写的、该标记的部分，都已出现。英雄的气概，自由的向往，爱的甜美与回望，自然的静谧与和谐，成长与慌乱，狂放与激情，酒与歌，眼泪与玫瑰。按贝多芬最初的设想，欢乐颂应该在第十交响曲中等待。但因为某种原因，欢乐颂却出现在第九交响曲中。

欢乐来之不易，需要看见纯粹，需要对未来充满信心。欢乐如果出现得过于频繁，将没有多少意义，它将轻飘飘的，纱一样曼舞。贯穿始终的欢乐也不会出现，如同贯穿始终的痛苦不复存在。欢乐也无法作为终结，因为夏花之后，时间还将继续。

弦乐四重奏 135 号《F 大调四重奏》,是贝多芬的最后一首作品，第三乐章 Lento，原稿上曾注明“甘美的休息之歌，或和平之歌”。赫里欧说，这是贝多芬精神的遗嘱。如同夜幕四合，山峦隐去身形，如同一个颠沛流离的故事趋于圆满，如同玩笑之后，真情流露。在这短短的乐句里，一切得以平复，清明如月光洒下，虔敬肃穆，却又单纯和平。

如果贝多芬的《第十交响曲》已经写出，如果我们在某个阳光明澈的午后，或者如水清凉的夜晚将此曲聆听，我们会听到什么，我们是否会如一棵移动的树融入森林般，在与世界的孤单相对中，重获甘美的自由与安宁。

跃迁与平行

一

读完《三体》后的一个梦。

我看见自己正生活在某篇小说中。小说没有标题，不知作者，具体的故事情节也不清楚。很显然，那些情节已脱离书本范畴，仿佛从一个二维平面跃入三维，细节陡然疯长，曲线如同兽脊起伏。故事已经发展到某个环节。在故事中，我依然患病，心境说不上灰暗，也不怎样明朗，带些听天由命的无能为力。时间是在白昼，天空没有太阳，四周却一片亮白，仿佛所有物体都在发散微光。我正在进行某种逃离，车马已经备好，一株没有叶子的无名植物被我拔起，根部裹好湿泥，我想将它随身携带。身边人们来去，并不匆忙。我将自己逃离的意思告诉他们，想让他们和我一起上路。但他们，一些身着暗色衣服，行进悄无声息的人，对我的好意置之不理。他们更像黑白电影里的人，身材瘦长，穿着得体，只是面容冰冷，步履机械。我自他们身边经过，着急地对他们说：走呀，时间还来得及。

须臾，在另一个白光迷蒙的房间，我告诉两个正在桌边忙碌的女人，我说，这是小说的最后一段情节，小说中，世界将在今天彻底结束，化为乌有，我们应从小说中跑出。但两位女士依旧神情冷漠，不予理会。她们仿佛来自英国乡下，穿着肥大的白色亚麻长裙，她们身后的光将她们的裙子映照得更加肥大。无奈，我独自走出房间，看见天上一轮并不耀眼的圆形星体正在接近月牙。月牙还很清瘦，色泽淡蓝，又微微透明。我已经知道，只要这两个星体一碰触，世界便会水珠一样蒸发不见。

在两个星体下面，我拼命奔跑。终于没能逃离小说的布局，又回到小说中。小说的结尾，世界一片拥挤，无数身影来去晃动，他们仍旧没有出逃的意思，他们更像身处市场，进行某种交易。我努力行进，觉得或许前面会有一个通道，将我带离。但空气异常黏稠，富有弹性，我向前走，身后一股力量往回拽。我一边倾身向前，一边想，时间怎么是种黏液，我得找到一件锐器，将时间划开，像划开绷带那样，这样就可以在时间的缝隙中轻松向前。

然后醒来。

梦自然经不起分析，无须将梦中的自己和卡夫卡笔下的信使相比。然而醒后的瞬间恍惚里，我还是想：这清醒后的生活，会不会就是我从小说中逃离以后的生活。

现实必须以什么为参照物，才能看清它是现实？

二

已经在读第二遍。《三体》三大本，读第一遍，只用七天时间，那是争分夺秒的一星期。有些囫囵吞枣，有些迫不及待，希望结局如月挂枝，一眼可见。读第二遍，终于慢下来。这种慢，仿佛不见波纹的水，载着人，向一个遥远的未来时空流动。

有一次，那是一个夜晚，放下书，起身倒水时，见到陶盆里含羞草闭合起叶子的模样。

尽管只有一枝叶子，它还是很用心的将其收拢归整，仿佛一件用来展出的珍品，现在展览结束，灯烛渐熄，参观的人散去，主人弯腰拂去上面灰尘，收拾箱箧，准备回去。

越过陶盆，往外看，可以见到窗外的小半片天。这座位于河谷的城市并不大，连绵的山在不远处。夜晚的山，只是些起伏的暗色剪影，山脊光秃秃的，一些信号塔架在上面，并不像冬天的树木。当然，树木在阴影更深的地方，那是山的皱褶。在那里，树木仿佛浓墨涂出的几笔，潦草，没有章法可依。天空云层密布，这使天空像蒙在城市上面的一层皮革：年月深远，皮革布满灰尘，暗旧，虫洞斑驳，风干的味道似乎都能闻到。夜空原是一种容易走向极端的存在：月黑风高，或者月明千里。然而此时，夜空逃出去，只将一副失去灵魂的皮革弃在那里，决绝，不肯回顾。这些皮革有着反射功能的硬面，城市的灯光打上去，又被它送回原处，如此，城市在双重灯光下更显得花里胡哨。

不过夜晚的清冷尚未丢失，它们穿透玻璃，仿佛一些来自高山的雪水。它们在屋内寻找沟壑，试图汇聚，试图找出方位并漫延开去。

我知道，真正的雪离题万里。

多年后，雪或将继续，文明也将延续，人们肯定已造出冷热可转换的玻璃。这样，冬日的凌晨，当某个人像影子那样站在窗前，玻璃窗透进的，便是春日温煦。那时，窗外的城市大约跟现在有许多不同。城市或者已经发展到空中，空中楼阁，海上仙山，或者，城市的楼层比现在更接近土地，深入地下，成为冥府，或者，像小说中那样，城市建在太空，在庞大的木星背面，旋转，终年不见阳光。不管高至星辰,还是低至尘埃,那时的夜空想必依旧如皮革暗旧。然而四季还在，大海的潮汐早晚递送，光也在。那时候，如果没有灭绝，如果代代生息，养在屋里的含羞草已经很老很老，耄耋之年，牙齿松动，骨骼都已蛀空，但它的样子依旧年轻，它伸展的叶片依旧像无数长有绿色绒毛的草履虫在蠕动，它依旧递送无以察觉的清芬，而当有温度的手指将它触动，它依旧蜷曲、闭合，仿佛它的身体就是它的秘密。当那个人拿着水杯，自窗前返身，重新坐下，当他（她）像我这样看到探出盆外的一枝含羞草时，肯定会诧异古人遣词造句的典雅与精准：含羞草，而非生气草或秘密草。

而这，也是很多年后，我们能够与这浩渺时空依旧有些联系的事情，微小，无用，仅仅是个尚未失传的名词运用。

三

电影《流浪地球》并没有将小说《流浪地球》里的《叛乱》一章拍摄进去，或者说，《叛乱》一章被点燃木星那一段替换。点燃木星自然更富激情，适合电影，而《叛乱》一章，更适合在小说中出现。小说中的地球，仿佛一颗被反复暴晒、冷冻和摔打的土豆，疮痍周身，面目全非。四个多世纪的地下生活，永昼和永夜，火流星，岩浆，暴雨与飓风，死亡如影随形，这一切，足以使人崩溃，而人心的多疑与不坚定，更是雪上加霜。待谣言四起，五千名有着家国情怀的地球保卫者，最终被疯狂的叛乱分子冻死在冰面，人性中真实和复杂的一面在那时暴露无遗。小说是一面三棱镜，电影只表现出了其中一面。

《三体》中，比《叛乱》一章更让人绝望的，是黑暗森林法则：

“宇宙就是一座黑暗森林，每个文明都是带枪的猎人，像幽灵般潜行于林间，轻轻拨开挡路的树枝，竭力不让脚步发出一点儿声音，连呼吸都小心翼翼；他必须小心，因为林中到处都有与它一样潜行的猎人。如果他发现了别的生命，能做的只有一件事：开枪消灭之。在这片森林中，他人就是地狱，就是永恒的威胁，任何暴露自己存在的生命都很快被消灭。这就是宇宙文明的图景，这就是对费米悖论的解释。”

设想某一日，宇宙中果真有各种文明，它们的存在法则最终会是什么。

是“大道之行也，天下为公”的大同？是“邻国相望，鸡犬之声相闻，民至老死不相往来”的小国寡民？还是“往而不来，非礼也；来而不往，亦非礼也”的礼尚往来？

大约地球上没成为事实的理想，在宇宙中，也只是孩童吹出的肥皂泡，毕竟生存才是王道。

为了生存，手段完全不必在乎。当然，宇宙间如果真正发动战争，黑暗森林法则也显得文质彬彬，毫无杀伤力可言。小说中关一帆对程心说：“在真正的星际战争中，那些拥有神一般技术力量的参战文明，都毫不犹豫地把宇宙规律作为战争武器。能够作为武器的宇宙规律有很多，最常用的是空间维度和光速，一般把降低维度用来攻击，降低光速用来防御。”

而维度打击的前提是，先改造自己，降低自己这个文明的维度，然后肆无忌惮地攻击。就是说，我先下地狱，再一把将你们全部拽下地狱，而不是我站在地面，嬉笑着，将你们一一踢下地狱。

黑暗森林法则建立在猜疑链的基础上，但实际上，猜疑链与交流和爱的关系都不大。我看你一眼，引起你注意，于是你试图将我像虫子一般抹掉，可是，如果我不看你，你一旦看见我，还是会动手，这几乎是一种下意识的习惯。黑暗森林是宇宙尺度上的法则，但同样适用于人心。

小说中，一个善良的三体人向面壁者罗辑提出抗议：宇宙中并不是只有人类才懂得爱，三体世界也有爱，但三体世界严酷的环境不容许有爱存在，即，“爱会抑制文明的生存与发展”。

所以费米问：“他们都在哪儿呢？”

答案是，他们就在你眼皮底下，试图消灭你，但不会让你发现。

这与阴谋无关。

四

多年前，在偏僻山村的小小庭院，在晚饭之后，睡觉之前，我曾手捏一张北方天空星座图，一次次抬头，按图索骥，找寻那些星座。那时虽然群山逶迤，但山体并不高大，这样，呈现在头顶的星空，还算辽阔。纸张上的图案，一旦在天空放大，就不再明晰，也不紧凑，许多尚未归置的星星，仿佛尚未找到家园的孩童，它们随意钻到一个星座里面，试探、询问，意欲停留。然而整体已经组建，它们的进入，不过是添乱。那些有着名字的星座，大熊、猎户、仙后、天琴……它们精心放置，一颗与另一颗，距离与位置不容有半分差错，它们更像一些世人皆知的画在天空展开，可仰望，可欣赏，唯独不能描摹，不能拿走。那时群星璀璨，仔细辨认，会看出它们的色彩，橘红、浅粉、淡蓝、莹白、奶黄，那些色彩并非凝固不动，它们闪烁，意欲靠近又想逃脱。那时，我的想象也只局限在大地上，我因而觉得，头顶的一颗星便是山花一朵，它们在那里绽放，绚丽且散布芬芳。

银河也在那时喧响。我曾怀疑那是山间松涛，门前流水，或者什么鬼魅发出的声音，我曾仔细判断那些声音来自何方。毋庸置疑，除去松涛与流水，除去犬吠，依旧有种声音在天空环绕。那是细微的声响，仿佛已经响了很久，现在渐渐离去，但并不会停止。那是一种无休止的持续，琵琶弦上语，离歌唱渭城，都不是，只是简单的持续。

偶尔，我会做一些在星空下飞翔的梦。我从院子中央起飞，越过苔藓斑驳的矮墙，墙外是微微晃动的黑色林木，泛着银光的小路一直向村外延伸。我始终飞不高，只勉强越过墙头。即便是白天，头顶也有星星，白昼已将星光冲淡，有时是一两颗流星，缓慢地，烛泪那样滑落。在梦中，我有时轻盈，有时如注满水的天空沉重。

可是现在，再不会认为星星就是鲜花了。如果偶尔在夜晚见到几粒星辰，只是想，它距离地球有多少光年，它在宇宙健在还是早已陨落，那些星光走了多少万年才走到我们眼前，又在多少万年之后，终将弃我们远去。月亮同样如此，我想到它，只会想到那密布的陨石坑和阿波罗 11 号。有一次，我捏着观鸟用的迷你望远镜使劲看月亮，终于看清月亮像一个得过天花的麻子，那些阴影也不是吴刚和桂树，而像一个巨大的猫爪子。至于银河的喧响，我单方面认为那不过是一些电磁波在忙碌地来来去去。

物理学有时就是如此败坏人的兴致，让好玩的事情都不好玩。不过科幻又使物理学的呆板显得迷人：它在想象奥秘的基础上，又设置奥秘，然后再想象奥秘，仿佛一款电脑游戏。

地球是一个美丽的笼子，里面的人，都是一只只小虫，他们终其一生，不过都在困守牢笼。仰望星空，真正让人怅惘的，不是人从星空觉察到自己的渺小和孤立，而是，原来你自己也是星空，但你从未如此确定。

五

经常想，如果将《三体》拍成电影，那肯定是非常过瘾的三四个钟头。三部曲一部接一部，亿年的岁月唰唰流过，我陷在电影院的椅子里，手中的一杯水已经忘记喝，环顾，身边没有一个熟悉的人，因为熟悉的人都在银幕上。小说里的人，一旦出现在荧幕上，如同一片森林变成一棵具体的树，叶脉清晰，树皮上的瘢痕斑驳醒目。起初一定不愿接受，然而过一段时间，也便承认，于是银幕上的那个形象替代脑海里的人，并将根深蒂固。影片里的音乐会适时响起，像《2001 太空漫游》中的《查拉图斯特拉如是说》和《蓝色多瑙河》，我希望那同样是一些既存音乐，不诡谲，不神秘，它的效果如同酒精，直接作用于情感神经，悲喜与共。

可是《三体》中很少有让人如沐春风的时刻，这是一部走向黑暗的作品，尽管最终有人生还，得以在寒冷的外太空拓展人类疆域，但太阳系的一曲交响最终以一个悲凉的休止符结束。追思在电影中必须出现，我设想那应该是莫扎特的一曲《安魂曲》。阴郁的D小调，“永恒的光”“请赐永恒的安息”“仁慈之源勿忘救我”……恐惧、悲痛、祈求、虔诚，唯独没有同情和怜悯。熟悉的音符在画面之外，却又深植于内，它不拘于某一片段、某一镜头，它是整部电影的基调：在黑暗森林中蹒跚前行的地球人类，一个世事不知的孩子，举着微弱烛光，一边行进一边对着黑暗大声叫嚷，最终招来猎手，在宇宙尺度上，他是如此单纯无力、茫然无知却又如此自大、混乱无序。

太阳被二维化的过程，壮丽宏大：首先接触二维平面的那部分太阳如同火海漫溢，波涛汹涌，而三维的太阳则成为这个世界最后的落日，它朝着自己形成的火海缓缓下沉，仿佛自己的血溶开来，将自己吞没。在此之前，地球的二维化凄楚而美丽：它在二维平面上形成清晰的圆环，那是年轮模样的地核和地幔，由深红过渡到暗黄，它的最外层，是一圈白色雪花，那是已经冰冻的海洋。如果细看，那些巨大的六边形雪花晶莹剔透，各具形状，它们铺开来，一颗与另一颗绝不相叠，它们像布面上装饰用的精致图案，独一无二。这时候，舒伯特的歌曲《她的肖像》应该轻轻唱响。那是来自时间深处的男中音，苍茫中透一丝哀婉：“我站在幽暗之中，凝视她的像，她那可爱的容貌，生动地展现在我眼前，她那玫瑰色的嘴唇，依旧在微笑，她眼中闪烁的泪光，饱含无限辛酸，我的泪水，自脸颊往下滴，叫我怎么相信我已永远失去你”。

《三体》中稍显温馨的场景，应该是程心与云天明的那次会面。在拉格朗日点，在太空艇中，当云天明自光年外出现，展现在程心面前的，是一幅公元世纪的田园牧歌图：麦田已经金黄，清风起处，麦浪如波，麦田旁的黑土上，插着铁锹，麦秆编成的旧草帽挂在上面，稍远处，蔬菜茁壮，云天明自麦田那头走来，他揪下一穗麦子，边搓边吃，他低头吹去掌心麦芒的动作，仿佛一个劳作终日的农民喜获丰收。隔着几个光年，他们微笑，问好。然而他们四个世纪的情感，只能克制，只能默默注视，因为他们有更重要的任务，机密藏在童话中，需要解读。那是人类的所有希望，讲述如果稍不注意，危险就会降临。

此时响起的音乐，多么希望是勃拉姆斯的《B 小调单簧管五重奏》第二乐章。单簧管和弦乐的相互交织，缠绵悱恻，却又孤单幽寂，仿佛一条盛夏的路，向远方延伸。人在小路上行进，渐行渐远，绿影叠坠的路旁风景渐渐萧瑟，小路最终隐去行迹，徒留落叶纷飞，寒霜铺地。

这是属于爱情的乐章，充满回忆。然而也只是回忆，没有丝毫未来可言。云天明的故事里，露珠公主和卫队长扬帆远航，这竟然是一个预言，终将实现。

六

《三体》中最迷人的想象，是宇宙的田园牧歌时代。那是宇宙的开始阶段，一切才睁开眼，欣欣然。钩心斗角尚未发生，新生的元素如白衣牛仔的少年纯净透明，它们相互包容，相互开放。黑暗没有诞生，现实的存在细节毕现，却又秩序井然。法术并不是法术，它们不过是些家常小事，人们腾云驾雾的神话，也不过是某个星球上俗世生活的投影，没有神秘可言。宇宙的构造在十维以上，其文明的精美我们无法想象。光是超距作用，一个普朗克时间内可以从宇宙一端传到另一端，也就是说，开始和结束连在一起，循环构成永恒，之间没有任何遮蔽。量子之间的事情，在宇宙尺度上完全可行，小说《乡村教师》里恒星之间的跃迁，便是一个实例。崂山道士未曾熟练的穿墙术，人们驾轻就熟，因为量子隧穿也发生在宏观尺度上，墙壁、门和铜锁之类不再保护个人私密。

时间也应该多维，起码在二维以上。时间如果不是线性，便会分岔，便有无数延伸方向，时间缔造的我们，便有无数存在状态。我在此刻也在那时，我在此地也在彼处。如若错了，不必内疚；如若痛失，不必遗恨。万千抉择同时进行，总有一个选择完全正确。平行世界不再让人迷惑，你有许多个你，我有许多个我，你有你的许多规则，我有我的许多理由。萍水相逢并不值得珍重，因为我们会在另一个地点再次碰面交谈。梦不需要解析，《三梦记》那样的事情，不再是偶然，因为它原本便是另一个现实……

关于宇宙田园牧歌的想象，穷尽脑力，我能想到的也只有这么一些，类似于神仙世界，奇门遁甲，之外还有些说不清道不明的纷乱。很遗憾我的想象依旧局限在三维，是如此名副其实的一个井底之蛙。

田园牧歌时代最终结束于战争。宇宙间那些神一样拥有能力的高级文明将宇宙规律作为武器，战争旷日持久，硝烟四起，于是宇宙的维度一级一级降低，光速也逐渐变慢。现在的这个宇宙，已是伤痕累累，残缺不全，如果继续，宇宙最终会成为一潭死水、一座废墟。为了挽救这个濒于灭亡的宇宙，一些名曰归零者的理想主义者开始行动。他们让宇宙起死回生的做法更加疯狂：将宇宙继续降维，到达零度以下，像拨动时针那样，十二点之后，又是最初。

午后，玻璃窗蒙一层清冷雨雾，楼高，雨水滴落的声音根本听不见。无需细看，窗外青山定是白雾蒙蒙。高原的这个夏天，如同南方的梅雨季节，细雨不断，气温降低。不过植物们对此毫不在意，它们早已兴奋得忘乎所以，仿佛喝高了酒，所有枝丫都在踢腾伸展。如果淫雨继续，水泥墙都有可能生出苔藓和羊齿植物。

记忆像布谷鸟的叫声那样邈远又清晰。布谷鸟我始终喜欢，但是记忆，有一部分早已厌倦。我希望记忆越精干越好，如同我种下的那株秋葵，只开一朵嫩黄的花，结一枚尖塔状的果。

想来分岔的时间我也不喜欢，哪怕果真能实现。我不想此时的我，一个在阳台上静无声息，一个却醉笑他乡；一个在雨天醒来，另一个却沉睡江湖。我也不希望某天当我回首，于万千自己中，挑一个完美无缺的身影，厚颜无耻地确定：那就是我。

好在刘慈欣曾告诫：这无数个可能的未来哪一个会成为现实，科幻小说并不能告诉我们，这不是它的任务，也超出了它的能力。

那么，尽情想象便好了，地球还是这个地球。

时间之间

一

什么是不可以描摹的，繁杂过程，还是琐碎细节。幼年时期，地质队员骑马从雪山下来，送我一朵尚未完全绽放的雪莲。握花在手，我看到它墨绿的革质叶片，半开的穗状褐紫色花瓣，泛黄暗旧的大苞片，低头嗅闻，清芬淡远。我曾听去高山放牧的邻居说，雪莲只能生长在多年积雪覆盖的岩石缝中，三五年才开花一次。我因此隐约知晓，我家花园中那些如同京剧脸谱的罂粟，粉红香囊般悬挂的荷包牡丹，还有那些繁复似意大利花边的大丽菊，以及虞美人和雪山报春，它们绝不同于高山雪莲：有些花开为何慢慢无期，而有些花,何故年年绽放,昌盛有余。是花朵穿越一秋的步履参差不齐，还是时间自己长短不一。孩童时期的成长总是过于缓慢，如同高寒植物，缺少周全。大人因此告诉我们很多，模式、途径、方法、要领，唯独不描述时间模样。其间原因是大人无能为力，还是故意避免。

在此之前，我对时间一无所知。我甚至不知有时间存在，因为我从未看见时间走来或者过去。没有关于时间的任何概念，我不曾回忆，亦不曾想象未来。时下面对，阳光和煦，落花纷飞，水泡聚散，便是一切。不中断，不消散。

一次在山坡行走，那依旧是寂寥的年少时期。卷云从天边聚起，蓝色山峰连绵无际，山坡长满大棵云杉和白桦，林子边缘密布黑色灌丛，带刺的沙棘、小檗，开出繁细花朵的金露梅、疏花蔷薇。山坡下青稞泼溅麦芒，土豆开出粉色花朵，阳光散布在流水之上，也在蜂蝶翅膀上，清凉夏季风穿过河谷，燕麦葱茏。一切都在发生变化，却又仿佛静止不动。我漫无目的地行走，想自己也将沉陷这静谧之中，无法参与任何激越动荡，并且终将索然寡淡，失去探知之心。我这样被眼前困扰，心思不明，以致脚步趔趄，滚下山坡。在一圈圈的转动瞬息，我看见天地那般浩茫，云朵隐没，牛羊和我一样在山坡滚动，河水弯曲，大丛高山杜鹃似被抛起。它们散乱，滑落，无所依，惊慌失措。慌乱之际，我伸手扯住一些藤蔓，得以解救。在我坐定，揉捏被枝柯刺痛的脸颊和手臂时，我忽然察觉一种名叫未来的东西沉沉压过，像雷雨前兴起于山巅的浓云，像大车木轮：十年后，这一天这一时，我是什么模样；二十年后，这一天这一时，我又是什么模样。

如同长久封闭的幽暗大门哗然推开，如同坚冰覆盖的长河，在二月午后，悄然豁出裂口。惊醒、震动。那一时，大人未曾告诉我的未来，突然自我呈现。

二

慢慢察觉，但又感知不到它的迷人之处，时间的到来，只是令人惘然几许。也无法形容，无法远离。它具备弹性，并且存有厚薄，它甚至如同一把准备就绪的弹弓，我不过是搁在橡皮上的一粒石子。我不能决定自己的方向，无法预知前路有多长。我也不曾知晓是谁掌控那把弹弓，它最终的目的是将我递送出去，还是永久搁置。

许多夏日午后，我躺在房顶摊晒的青草中，看头顶云卷云舒，也看七月的积雪怎样将山顶覆盖。那一时，我有足够闲暇，等候一粒胡麻在阳光下由温润变得干燥，我也能长时间跟踪一只蚂蚁，看它何去何从。但我无法从一个高度去了解时间，亦无法产生那种自觉。如果有意去认识，让目标凸显，路径清晰，仿佛穿越山洞，有远处亮光一路指引，四周幽暗一一忽略，我也许会对夏日消失感到忧虑。但没人给我指点，说时间可以逝去，并且一去不返，也没有人提醒，我该为多年之后的另一种显现，是做些准备，还是任其自然。然而有心不如无意。许多夏日过去，我慢慢滋生疑惑，尽管我依然感知不到时间消失如同军团溃散，但我还是逐渐感觉一种清寂又似黯然的时间，正在延展它的藤蔓。它甚至浸入我的肌体，柔软还是坚硬，我无法立即摸透。

午后落起小雨，园中雨水逐渐沉积，成为浅池。雨水使秋天变得寒冷，缩手缩脚。山路泥泞，我不能出去，唯有坐在檐下，等候雨过天晴。雨滴落下，水面溅起小小涟漪，此起彼伏。有时雨滴来得紧密，涟漪将水面划皱，有时又有停顿，一颗涟漪舒展开去，直至消失。起初，我能耐得性子，指着涟漪数数，一、二、三、四，后来腻烦，觉得雨滴仿佛不是雨滴，是一些慢悠悠的脚步。那肯定是时间的脚步，如此心怀叵测，藏身雨滴之中，仿佛举着螳螂回身洞穴的蚂蚁，它们的身子隐而不见，只露出一溜长着绒毛的杂乱细脚。

我不能容忍眼前这般模样，它最终使人失去耐心。起身，开门，于细雨之中伫立，然而我眼前所见，依旧是时间脚步。它在其他事物体内，一些垂下头颅的青稞，几棵结籽大麻，一条挪动的蚯蚓，抑或远处那轻捷一跃消失于灌丛的藏狐……它无处不在，善于躲藏，它借用其他事物来装饰自己，如同风借柳枝。谛听，门口青杨在雨中发出哗哗声响。落雨之前，我与伙伴曾在树下嬉戏，我们大声说笑，并且专注，我们从不曾看着青杨偶尔停顿：我们之间是否存有某种联系？

时间是否能将我和眼前青杨，以及一些结果的沙棘，石崖上的红嘴山鸦，夜晚的猫头鹰，或者一座黑色牛毛毡的帐篷连接起来，绕成一团，仿佛一枚鸟巢，挂在高大树木的枝杈。如若我们在那里，孤绝高悬，是否会懂得相互依存，共消共长，忘却彼此。从不曾这般提出疑问。

三

在学校，老师带领我们朗读：“时，分，秒；年，月，日；我们和时间赛跑，奔向 2000 年。”我曾经和一只幼鹿赛跑，也和一只羊羔赛跑，我甚至和一只低飞于灌丛之上的雉鸡赛跑，但我从未与甜菜叶子上的蜗牛，或者清晨爬满院子的小小青蛙赛跑。为什么比赛总是要谁比谁快。老师反复强调，时间就是一切。这样，当我举着红纱巾在校园里一边旋转，一边背诵《草原上升起不落的太阳》时，我觉得时间就翘着尾巴藏在纱巾下，它躬身弯腰，形态卑琐，我只有快速旋转，才能将它甩到一边。同样，当我捏着碳棒蹲在操场上默写生字时，时间就站在一旁，拿出姿势，等待冲刺……到处有时间盯梢，我必须时刻放快速度，疾走，奔跑，才能将时间甩到后面，让它们趴到地面，像夏天的一只哈巴狗，吐出粉红舌头。2000年是什么，是我前行道路上的一次烟花绽放，是跳大神的萨满，还是背着翅膀的精灵？我只有早日到达，才能早日看到眩迷瑰丽，神奇魔幻。老师说，时间也在朝2000年奔跑。多么残酷。

我去高山悬崖采摘头发一样有着深褐色泽的香草，滚下岩石，扭伤脚踝。我只得待在家中，不能上学，也不能去野外游戏。静卧在木板炕上，我眼前始终是一面构图回环大方的木窗，杉木清香从木格发散出来，它们的纹理，如同一些寓意深刻的符号。几乎每一个早晨，我在喜鹊的喳喳声中醒来，看见晨光正在窗户上移动。错落反复的窗格将灰白晨光隔绝出许多小方块，我的目光顺着那些格子游走，仿佛陷在迷宫。我试图找到一些出口，绕过去，却总是发现前面墙垣横亘。日日如此。我逐渐发觉自己也是这迷宫之中爬行的一只虫子，总在某处卡住，在方形的格子内打转，找不到出路，并因此成为受困者。而墙外，青杨叶始终沙沙喧响，有着橘黄色尾巴的小雀聚集然后一哄散去，门前流水亘古如斯。

我要母亲陪伴，哪怕她只坐在一旁沉默不语，但母亲总有事情走开。洒扫庭院，烧茶做饭，喂养家畜，邻居来访，或者去田里劳作，母亲只能将可怜的一小点时间分配于我。晚间，灯火总是早早熄灭，我期望星月能将窗格照亮，这样，母亲会有兴致，给我讲述她幼年时期的事情，然而夜晚总是漆黑一团，母亲过于劳累，很快入睡。

我想母亲并非粗心到不知我的小小心思，而是分身无术。母亲曾经拉着我在黄昏的田埂上行走，劲风吹过，我们的影子一同在地面奔跑。那时我以为我和母亲的时间将始终一致，没有快慢。但现在，母亲在自己的时间中匆匆前行，而我的时间丢下我，像丢下它的包袱。

我将如何找到破绽，突围出去，赶到遥遥领先的时间身边。我是否可以借身他物，譬如从青色岩石起飞的金雕，门前一眼山泉，黄昏的那一缕薄烟。如果我依靠它们的速度，到达看不见的地方，是否可以遇见离我而去的时间。在无法触摸的远方，在前面，时间是否还踽踽而行，仿佛跋涉荒漠的艰难旅人。它们是否可以提前到达 2000 年，在一片明丽绚烂处，回首等我。如果它们不等我，它们将去往何方。而我身边的这一些，我欲寄意一番愿望的事物，如果它们不接纳我的委曲求全，不能带领我奔跑，那么它们，是否可以再宽容一些，容我体会它们的丰饶和自由，以抵消我数日的单一和禁锢。

都是徒劳。

只是，有一天，当我将 2000 年风干，像对待一块剥落的皮屑那样，将它揭掉以后，我发现时间并没有和我赛跑。时间不懂得摇旗呐喊，也不会给予自己惊心动魄。时间过于服帖，快慢出自我们一厢情愿。

四

晨起，母亲去园里剪下几枝虞美人，用火将切口烧过，插入盛有清水的玻璃瓶中，放到木柜上。这些单瓣的虞美人，色彩浓艳，形态却格外柔弱。在没有风过的幽暗屋角，它们只能摆放，只能盛开，它们最终失去摇曳机会，也不遭受午后冰雹。它们似乎将终止于一种模样，然而三四天过去，它们悄然掉落。

我的指甲像一些有硬度的草，一点点增长，然后在钳刀下掉落，我的头发也一样。起先我梳着辫子，辫梢扎有蝴蝶结。那是我将凤仙花采来，捣碎，加入明矾，将白色塑料布染黄，剪出的蝴蝶结。它们在头发上，硬邦邦的翘立，辫子移动时会发出清脆声响。后来我的头发开始枯黄，开花，折断，需要剪掉。母亲将剪下的头发装在盒子里，架到松木的房梁上去。母亲说，等你长大，你可以看看小时候自己的头发。

小时候的头发，如此便可以长久保存。那么小时候的容貌，小时候的声音，小时候的心思，该如何保存。如果予以保存，在以后，我还能否认得清楚。

"六一"儿童节，母亲扯来黑底蓝花碎布，给我缝制小裙子，我穿着它到十里外的中心小学去跳舞。高寒地方，便是夏季，最高气温只在十几度左右，六月飘雪的事情也时有发生。节日过后，始终没有适宜的时间再去穿这条裙子，因此搁置。几年后，偶尔从箱底翻出，它那么窄小，已经无法穿起。

我已经明白，我摔伤，滞留困顿，百无聊赖，或者我像一枚向日葵，沿着光线，按部就班地成长，时间都在试图脱离我，并且将曾经的我一点点遮蔽，像烤干雨后衣服上的湿痕，像填平沙滩足迹。我都来不及长大，但已有许多东西开始凋零：记忆、想象、秘密，我所知道的藏在我身体内的事物，以及它们告诉我的简单道理。

我给时间真实可触，时间予我以消失。

五

一年的七月，有人将自己残疾的身体拖到沼泽地，在阳光下用铅笔刀割腕自杀。又一年的八月，一座土木结构的房子倒塌，年轻女子被横梁压断脖颈。我见到被人收拾后的现场，自杀者身上盖着黑毡，他身边开满蓝色龙胆和绿绒蒿。年轻女子被一袭红色腈纶毯包裹，青杨的飞絮落下，洒在毯子上，如同一层白色绒毛。有人小声哭泣，然而他们更多的亲人，忙着将他们从这块土地上“抹去”的事情。他们将亡者运到远处山谷烧掉，因为他们不属于正常死亡，连同他们遗留的衣物。将他们用过的器物，搁置到看不见的高处，不再触摸。事情过去，他们偶尔谈论亡者，脸上带着伤痛，但他们逐渐回到他们的往日中去。他们重新说笑，并且习惯于没有亡者的生活。消失如此快捷，仿佛不曾有任何事情发生。

我身边的人，我看不出他们对消失有什么恐惧。牧羊人背着牛毛雨披，在旷野度过一天又一天。他们的每一天都相似：早起赶着羊群寻找水草丰茂的地方，中午用石头垒成简易灶台，舀水烧茶，傍晚回家。他们在原野的大部分时间，独自坐在羊群一旁，沉默不语，便是大雨倾盆，他们也在雨中端坐，日复一日。待嫁的女孩子，总是在每一个午后，聚到青杨树底下说笑，直到傍晚时分，又结伴去河畔洗土豆。她们总是在一起，总是嬉闹。那个瘸腿的孤儿，他带着笛子，赶着他的奶牛，几乎每一个清晨和黄昏，他断断续续的笛音，在山林飘起。他们从不曾表现出某种焦灼，或者害怕。仿佛时间失去，理所当然。也许在他们看来，一年过去，另一年接着来到，似水流年，原本如此。

我在逼仄木屋和茂密山林度着我的时间。在那里，我看不到更遥远的未来，也无法等待，流失如同山泉。清晨蹲在灶旁煮茶，白天在山野嬉戏，傍晚坐在木屋前看山下景象。那样的静寂中，我将一段段时间接过来，再送过去，像递送一些尚未熟透的青果。那个过程那般缓慢，似乎没有行进，我因此无法将那些过程看完整。但在多年后，我发现那段时间那般短暂，瞬息即逝，几乎形不成过程。

六

然而，我还是渐渐对千篇一律感觉厌倦，并且无法保持警觉。一条路来去，日日没有新意。从幽深山林出发，穿过荆棘丛，沿着田埂走下山坡，淌过大河，再顺着村道，去几公里外的学校。在学校，老师让我们抄写生词解释和中心思想，并且要全部背诵，有时要求我们反复抄写生字，十遍，二十遍，班长拿着柳条在教室来回监视，写不够次数，手心便要挨打。傍晚，再沿原路返回木屋。胳臂和手心时常有沙棘刺戳入，折在里边，需要用针尖一点一点挑出。

雨后山洪暴发，长时间站在河畔，等大人来解救。晚上，煤油灯盏在木屋顶棚罩出黑色印迹，我的鼻孔同样被煤烟熏黑。做同一种梦，我被山下男孩围困，遭受石子击打和谩骂。我自己已经改变，然而环境始终如一，时间沉闷。需要变化。

我慢慢学会空想：世间有什么东西能将时间颠覆，像想象那样。时间能否一开始就是终结模样，后来的过程，时间又变成倒放镜头里的花朵：衰败—怒放—含苞，以至于时间越来越青葱，并且永远是芳草长川的模样。想象这样表现出来，或者经过我们大脑，是那般电光火石的一瞬，以至于将我迷惑：时间是否可以改变成另一种程序，是否可以引领我，变幻一种过程，将既定玩转成未知。

故事里，钟表匠专心修复钟表，他的妻子给他端来面条，钟表匠说，放下吧，我等会再吃。如此不知不觉，时间溜走。一小时，两小时，一天，两天，一个月，一年……钟表匠一直在做修复工作，他没有发现，他的周围已经发生变化，他妻子的眼角已有了皱纹。十年，二十年，三十年。终于有一天，钟表匠抬起头，伸个懒腰，他终于将这只钟修好。可是，他的妻子，已经白发苍苍，躺在床上奄奄一息。而钟表匠，还是三十年前的模样，他桌前的那碗面条，还在冒着热气。

考试前的夜晚，我躲在被窝内，打开手电筒看《西游记》。时间开始异乎寻常的紧张，老师不让我们看任何与课本无关的书籍。书中说，悟空在花果山享乐天真，有一日却坠下泪来：今日虽不归人王法律，不惧禽兽威服，将来年老血衰，暗中有阎王老子管着，一旦身亡，可不枉生世界之中，不得久注天人之内。于是决定外出寻仙，以修得不生不死身，与天地山川齐寿。

故事演绎，前生来世。我开始渐渐好奇，时间和空间可否同时变幻。

如若时间携带记忆，并且消失距离，它在我体内的那部分，便也是记忆的所有，我在夜晚看见的月亮，便也是所有夜晚的月亮。如此推下去，时间又看得见所有未来，我在一个清晨沐浴到的清风，便也是未曾到来的所有清风，而我听到的一声鸟叫，便也是我失去形体后，依旧鸣啭的那些鸟叫……如此，时间与空间，糅杂一起；如此，你和我，是否还有区别。

七

时间是这样拥有诸多触角，并且始终探伸出去，天地再大，事物繁杂，但没有一样东西可以用来包住时间，也无法框定时间。我因此对佛经里的“一时”浮想联翩：那时便是此时，这多好。如果我去强加理解，过去的我便是此时的我，未来的我便是此时的我，这多么令人欣慰。

母亲将永远穿着她那件蓝色条纹的对襟上衣，黑裤子，剪着短发，在山坡行走，我在她身后。这将是每一个七月的清晨，我们攀爬青色岩石，踩过冰块尚没融化的流沙，到高山去摘一种名叫石葱的花朵。山坡上马先蒿串串紫红，红景天也已结出花苞，偶尔一丛雪灵芝，绿叶之中已有白花绽放。清冷夏季风从远处吹过，裹着柴胡和防风的药香，雀鹞子盘旋。路途崎岖，有时我们坐在大青石上休息，低头，会看见黑色毛虫蜷缩一团。也有蜜蜂大小的蓝色蝴蝶，靠近我们，又远离。中午，如果下雨，我们会躲进牧人的黑帐篷，喝一碗牦牛酸奶。如果阳光和煦，我们找到山泉流动的地方，吃青稞面干粮。那个时候，百年的祁连圆柏在我们身旁，它的枝干苍老，树皮斑驳，旧年的黄叶子挂在最低的枝条，不肯落下。我们很少说话，然而彼此心照不宣。

而在另一个时刻，那将是春天的一个薄暮，园中李子花裹着枝条，白而细碎，丁香开出这一年的第一茬紫色花朵，芬芳馥郁，萱草叶子修长，墙角苔藓已经温润如碧玉。我和母亲坐在松木房子前的石阶上，墙头一只花猫跳下，风将板门敲响。母亲头发已经斑白，手背落满老人斑，行动迟缓，我也不再青丝如云，行动失去敏捷。已经如此苍老。我们坐着，看太阳走下西山，天空一片锦绣。风依旧清冷，松涛依旧在山前喧响，我们没有更多话语，时间依旧无声滑过。

这样迷人，无论我在哪个时刻，无端回望，我将始终如一。我或许将始终是年幼女童，如同雨滴，在清阔原野用狼毒花茎编织花环，然后戴上它，成为想象之中的公主抑或女王。我或许将始终老去，独坐树下，心思已经精简为零，记忆也已蜕化，不再瞻前顾后，阳光从树叶之中漏下，照耀面颊，感受温煦。

然而这样的事情无法发生，我在始终改变，没有一个细节前后相似。此一时，我不再是过去，亦不是将来，彼一时，我也不再是现在。没有一种形式固定成为永久。而我已经习惯将这种改变的过程强加给时间，一边将这个过程的好与坏推到时间那边，一边理直气壮，说，时间已将我改变。曾经为时间的丢失而落寞，几年之后，已学会向时间推诿。我是这样变化，无赖，胡搅蛮缠。

八

这样，我似乎已经将时间洞悉，明白时间仿佛一片花瓣，有组织，结构精美，质地温润，色彩迷人，然而它经受不住显微镜的层层盘剥，亦经受不起风吹雨打的虚幻。佛因此拈花微笑，我也终将自己归结为一口气，聚则为生，散则为死。然而，我还是喜欢时间走来迷惑我自己。这如同我听惯的故事,精彩的事情总是发生在“很久以前”:很久以前，国王想要个孩子;很久以前，水晶球掉进井里;很久以前，美人鱼爱上王子；很久以前，我爱唱歌你爱笑……好的事情总会存在，并且结局令人满意：公主和王子从此花前月下，过上幸福生活。我不能明知故问：什么样的幸福？幸福就是把时间当作一杯酒，钟鼓馔玉何足贵，但愿长醉不复醒。

只是，更多时候，我坐在清晨或者暮色中的一角，我身边，一缕光像一片行人的衣裾，悄悄拉动。树梢上，一群麻雀叽叽喳喳，它们的吵闹中，总有一个声音在起示范作用；花园中，有花朵啪嗒一声落下，我偶尔起身，有影子牢牢跟随……我身边时光如此寂静，没有任何显而易见的发生和陨落，也没有断裂。如此长久，无以中止。它似乎那么多余，完全可以删除，如同一扇窗户和另一扇窗户，重叠，如同一条路和另一条路，平行，并且方向一致。

过去似乎已与自己脱离关系，阳光之下的嬉戏，雨后指点彩虹，夜半梦醒，听得远之又远的犬吠，诸般细节，似乎都展示在一张荧幕上，自己不过是坐在幕前的看客，风过来，荧幕吹歪，或者雨起，幕布之上的景象中断，都是好的，因为与己无关。而未来，是否像那个名叫斯特里克兰德的画家留在荒岛上的壁画，他用患着麻风病的手，凭借渐趋微弱的视力，一笔一笔，在木板上描绘树木、人体，以及它们的灵魂和秘密，等到巨制完成，又毁之一炬。

如此充满矛盾，又如此试探，跳出密境，再坠入繁复。看似百转千回，纠缠难解，其实时间不过只是个参数。失去事物，时间也将没有意义。

如此，我察觉自己早已长大。

之二

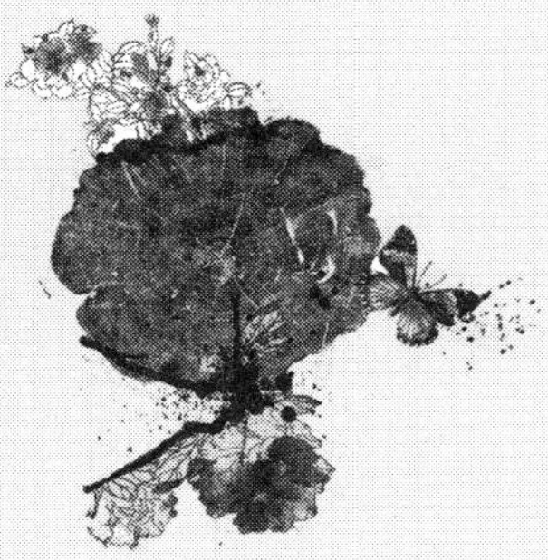

捕梦者

对捕梦者一词最简单的理解是：这是一种以别人的梦作为食物来源的类群，当所有人都不再做梦时，他们将饿死。事实上，没有哪个人会停止做梦，因此，捕梦者将始终繁衍生息。

《哈扎尔辞典》中，哈扎尔可汗对捕梦者这一宗派不以为然，他用希腊史传中饿鼠的故事来形容捕梦者：饿鼠轻松地爬进了小麦筐，但当它将肚子吃得滚圆后，就再也爬不出来。“你吃饱了就休想爬出筐子,你只能和进入时一样忍饥挨饿。”他同时告诫捕梦者说：“要么放弃猎物，要么永远留在梦里，但不管哪种情形，你对我们毫无用处。”

可汗如此对待捕梦者，似乎有些偏颇。梦少，无非是说白日的思欲少一些，体质好，大脑得到充分休息，梦做多了不过表示身体处于亚健康。再者，梦自己在黑夜中驰骋，一不花你钱财，二不要你陪伴，你又不靠做梦来吃饭，丢不丢失，有何关系。

蒲松龄在《凤阳士人》中写三个人做梦，梦见同一件事，这原本不怎样奇怪，复杂的是，事件本身发生在这三个人之间。三个人，在三个梦里，都处在自己的角色中，说自己的话，做自己的事，共同参与，将同一件事情进行到底，就仿佛在白天，他们分工合作，共同完成一件事情那样协调完整。有人分析这则故事，借用弗洛伊德、潜意识、思妇的情思意念等，试图找出合理解释的途径，但剖析的结果不外乎无事生非。这几乎是唯一一种结局。

哪怕是很遥远的，我读或不读，都无关紧要的一篇文章，真正读完了，我很少去想它要表达什么。如果我有能力和一些文字抬杠，我自然乐意，如果不能，我自当竭力想象。读完《凤阳士人》，我倒是有些惘然：时间到底是开花的树，你在一枝，我在另一枝，你繁盛，必将见到我萎谢。说简单点，你我不过都是捕梦人，彼此依存。

那之后，我也做一梦，梦中，我见到银色雪光里一对老人站在门口低语。男子须发皆白，女子玲珑。他们说些什么，我未曾听见，只见得娇小的女子形容凄楚，并且哀怨，她注视男子的眼，泪光晶莹。我踩着积雪，走到门后，隔着黑铁栅栏，看见他俩相拥。那时，有雪花落下，什么形状，并不清楚，似乎只是细粉一般。在梦的迷蒙背景中，他俩的身影凸显出来，那般紧密依靠，不可分离。

梦醒后突然想：如若这世上，果真有那两位老人，在我梦见他俩相拥的时候，他们，是否也梦见一个站在栅栏后的我。

想来未必。

而在另一个梦中，我见到一个人的哀伤，那样深，以至于将我惊醒。古人说，哀而不伤，那需要拿捏怎样的尺度。梦中人，他的哀伤似有节制。因为节制，反显淋漓。梦境之外，那个人的文字，我时常阅读，娴雅深致，从未有浓重情绪带出。醒后，我一直想知道，那个梦，是否告诉我，他所有的文字，直指那种哀伤。我还想知道，是他的文字故意隐藏他的哀伤，还是，他从未意识到他有那样的哀伤。抑或，他从不曾有过那样的哀伤。

我从来看不清自己。梦境里没有身影，文字中眉目混淆，镜子只照见衣冠形容。我怎样颔首，怎样狂怒，我怎样动如脱兔，怎样静如处子。我无法对着自己凝眸，亦无法探看眼神背后的幽深。我偶尔在某一刻觉察到自己，似乎也只是一个魅影飘忽闪过。粉尘驳杂，市声如流。淡月微云，孤帆独发。我在这里，在那里，见到的陌生人都不陌生。我知道我一直和真正的陌生人同居一体，我们是彼此的捕梦者。

失眠症

《百年孤独》中俏姑娘丽贝卡来到马孔多时，带着一封信，一个小行李箱，一把绘有彩色花朵的小摇椅和一个帆布口袋，还有一种疫病：失眠症。这种病曾让一些印第安人丢下自己古老的王国，丢下公主和王子的尊贵身份，背井离乡，天涯漂泊。但是布恩迪亚一家对此并不理会，他们甚至认为这不过是印第安人杜撰出来的一种病症。

杜撰出来的东西，神话传说和谣言都吸引人。但神话传说是挂在枝头的果，风过处，叶子摇曳，黄澄澄红彤彤，可以大张旗鼓散发出酒香。谣言则是流在暗处的水，涨不涨，怎样涨，捉摸不透，因为源头深藏。还有什么东西是杜撰出来的呢，除了事物的名称。疾病肯定不能杜撰，因为它原本就是人体肝气不顺的一些小情绪，一次节外生枝，一处中断，一个覆盖碧草鲜花的陷阱，也许它最终会成为人体不求同日生、但求同日死的伴侣。

在马孔多，失眠症果然随着布恩迪亚家出品的糖果小动物传染开来。起初人们为不用睡觉而欣喜，因为清醒的夜晚可以做很多活，然而当无数个白昼一样的夜晚过去，人们开始怀念睡眠时，失眠症已经恶化成失忆症。这样，张皇失措的马孔多不得不变成标签的马孔多，譬如奶牛脖子必须挂上纸条：这是奶牛，每天早晨都应挤奶，牛奶应煮沸后和咖啡混合，可得牛奶咖啡。想一想，挂满标签的世界多么混乱，女人去摘栗子，先要区分开玫瑰丛和棕榈林；家庭举办一个庆祝舞会，先要给每一个姑娘标出名字，丽贝卡、阿玛兰妲……如果失忆继续，对着奶牛，细看标签，突然不知道牛奶是什么时，马孔多的人们将从哪里挤出奶水？

一种疾病让你无痛无恙，让你遗忘一些习惯，让你神思恍惚，让你看山不是山、看水不是水时，这种病症还是有一种艺术特质，让人想象：太阳升起与月亮落下无关紧要，白昼的明亮说不定是夜晚的黑，花开从不重复，鸟都唱着新谱的歌，昨天的雨是这辈子唯一遇到的雨，今天面对的人，新鲜有趣充满神秘。至于依靠标签生活的日子，雾一般的捉摸不定与肆意想象将取代僵硬现实，事物被赋予新意义，秩序重建，你我不分，所有的结束都将成为开始。

与此相比，萨特外祖母的失眠症就乏味许多，那几乎激不起人们任何兴趣，甚至令人生厌。小萨特在巴黎勒高夫街一号生活的那些时日，他的外祖父创立实用语言学校，有较高的学费收入，他总是将大把金币塞入上衣口袋而从不计数。入夜，当一屋子的其他人开始酣睡，他总是失眠的外祖母便会像黑猫一样溜进前厅，偷偷从他外祖父的口袋中捞走一些金币，据为己有。这个失眠的老人，在白天，她会若无其事坐在靠窗的安乐椅中，戴上圆框眼镜，借着窗外慵懒日光，读那些只为取悦女人而制版精美的书。在她垂下眼皮阅读的时候，她的脸上会像蒙娜丽莎那样浮出机灵的微笑，那个时候，谁会将她与夜晚的小偷联系在一起。

是，白天的必然和夜晚的偶然怎能联系在一起，这如同夜晚的必然，怎能和白天的偶然联系到一起。一路上的预设，总不如突变来得绚丽，你从看见的浮萍中，想象不到远方山路上一只螳螂正在靠近一朵窄叶千里光，你更不会因为他人一声唏嘘，从此认定扁舟散发江海余生成必然。然而你也不能就此认为终止是一种方式在结束，界线是完美的独立。一些联系看似水到渠成，但一定有另一些联系，山重水复，隐而不见。

我已经有许多夜晚在清醒中度过了，也许依然有许多夜晚，需要在清醒中度过，然而这有什么关系。当我从最初的辗转反侧到一只一只数羊，再到按揉神门穴，到一遍遍背《心经》，时间已经过去了许久。这其间，一成不变的事情依然不变，慢慢改变的，已经改变。没有什么是需要慌张的，该来的自然在来的路上，该去的，自然已将背影倾斜。于是，在床头灯柔和的光线中放下一本已经读了一半的书，或者摘下耳机，停止反复播放的乐曲，起身到厨房烧一杯水，在客厅的沙发上坐一小会儿。寂静中，廊灯一小盏，不刺眼，但也没有多少阴影，墙角的龟背竹依旧保持白天的姿势，绿萝的墨色叶子从酒柜上垂下，纹丝不动，陶盆里，小辣椒的白花依稀可辨，它们和我一样，都没有酣睡时的慵懒模样……有时，有一种声音沙沙响起，仿佛有无数细小的脚轻轻触及地面。那会是什么呢，猜不透。我听着它，偶尔会想起卡尔维诺《烟云》里的那个小细节：台灯的光照到她身上，光线中微小的尘粒像毛毛细雨一样纷纷扬扬，眼看就要落到她的身上。

这样的夜晚如果站在阳台上，偶尔揭开浅灰的纱帘，窗外是同样的楼层、天空、远山一角和路灯，但是夜晚让它们变得比白天还接近它们：天空隐去不见，远山只剩一点幽暗剪影，近处的楼层仿佛废墟一般，黑色窗口洞开，里面空无一物，因为没戴眼镜，院子里的路灯和工地塔吊上的镝灯，看上去烟花一样散射出浑圆曲线。很多时候，它们不发出任何声息，寂静，穿过脑际的，只是“咝咝”的耳鸣。

不得不承认，夜晚的事物比白天更耐看，它们不会让人将情绪涣散成风中的叶子，它们只会让思绪更集中，一颗露珠，或者几个音符那样，单一到成为纯色，却又浓到大于所有。放肆一下也好，让情绪如同波涛。这有什么，到了白天，事物依旧呈现出往日杂乱，而你我，依旧是谨言慎行的那一个。

镜中人

《哈扎尔辞典》红书中记载，哈扎尔的阿赫捷公主是永远不死的。这自然是因为在一段时间内，人们对阿赫捷公主的热爱。但在阿赫捷公主的一段铭文中，她自己说："假如现在有人问我这种游戏于我何益，我会这样回答：我欲再生一次，且求活得更好……"显然，公主已经死去。

公主原本是不会死的。每一个夜晚，公主的左右眼睑上由盲人写上一些字母，早晨婢女侍候公主梳洗时都要闭着眼睛，因为那些字母选自哈扎尔毒咒字母表，谁看到谁就死去。如此，公主熟睡时，也就是哈扎尔人认为人最脆弱的时候，公主得以安然无恙。但某一年春天，公主用两面镜子解闷时，不小心看到自己闭着的眼睛，立刻死去，因为这两面镜子一前一后照出了她眨动的眼皮，使她生平第一次看到写在自己眼睑上的致命字母。

那是两面用大块盐晶磨成的镜子，一面快镜，一面慢镜。快镜在事情发生之前将其照出，慢镜则相反，而慢镜落后的时间与快镜提前的时间相等。哈扎尔是个与盐结下了深厚友情的民族：他们的数字源于不同种类的盐，因为他们能分出七种不同的盐，哭泣是他们祈祷的方式，因为眼泪中含有盐，而眼泪归上帝所有。还有，他们有自己的睡眠须知：丢了盐，休想入梦。

传说阿赫捷公主每天早晨都拿着镜子坐下来给自己画一张脸，并且每天都换个男仆或者婢女作她画脸时的模特。还有一种传说，说她每天早晨都换一副新的容貌，从不重复。公主的容貌也就代表了整个哈扎尔人的能耐和特性，他们每天起来，都换上一副完全陌生的脸，连最亲的人都难以辨认。

另有一说，公主长得一点都不漂亮，但她善于化妆打扮，又深谙一颦一笑的妩媚之道，因此给人以姿色出众之感。阿赫捷公主这种人工的美色耗费她大量气力和心血，以至于她一个人时，会浑身疲软，她的美色也如盐一般纷纷掉落。

快镜映照出未来，慢镜则照出过去，有些难以辨识，以及稍带迷乱和矫饰的现在，只存在于这两个瞬息之间，但这是两面镜子无法照出的瞬间，死亡也在这里。阿赫捷公主当初肯定没有想到这些，因为阿赫捷公主始终都在忙碌：成为另一个人。

所幸我们只用普通的镜子照自己。

但是有人来劝谏，说我们从镜子中照见的自己，总是要比真实的自己好看。怎样的好看，我有点糊涂，不明白。是塌鼻梁挺了，是高颧骨低了，是大嘴变小，还是单眼皮变双了。有一次，我照镜子，发现镜中自己脸上的雀斑不见了，窃喜之后，明白是光线昏暗的缘故。

然而不肯就此罢休的，我们总得知道自己是轻颦浅笑百般宜，还是风雨无限蹙峨眉，总得明白自己走的是阳关道，还是独木桥。我们总得寻找，总得突破，然而遗憾的是，没有一面镜子，肯来洞晓这所有。

前一日静坐，在一片寂静中，在没有边际的空旷中，我看见自己的身体只是一具衣服包裹的空壳，她单薄，绵软无力，她退缩到寥廓的边际线上，茫然无措。我觉得一伸手，我便可以挽起她，给她以支撑和力量，但我并没有走近她，我只是看，只是看，连些哀婉都不曾有。

要知道，自己做自己的镜子，该要多少修炼，该有多难。

以前做梦，梦见一只猫咪照镜子，那只猫的大圆脸一半白一半黑。猫举起有柄的圆镜照一番后突然哭着问：我的另一半脸呢。我凑过去看镜子，看见镜子只照出了猫咪白色的半边脸。

现在想起这个梦，想告诉猫咪说，你的半边脸还是在你的脸上，但是，梦中猫早已随梦消失。

冒险者

据说有这样一只鸡，它产的鸡蛋里包含着年月日，譬如，今日它所产鸡蛋的蛋黄是 2015 年 11 月 6 日，明日所产鸡蛋的蛋黄，则是 2016 年 2 月 4 日。某一天，破壳而出的，并非摇摇晃晃的小鸡雏，而是蛋主人生命中的一天。这个奇怪的说法来自小说《哈扎尔辞典》。小说中，考古学家苏克博士面对这样一只鸡蛋提出问题：即使我相信的话，我又何必去买本来就属于我的一天。鸡主人说：如果你口袋中藏着我的这鸡蛋，一旦发现某一天不是好日子，你便可打碎它，从而消灾避祸。鸡主人这样回答理由自然充足：须知在这世上，我们的一切问题都出自给我们什么光阴就打发什么光阴，我们无法避开带来灾祸的日子。

如果我们之中的某人拥有这样一只鸡，它会给主人以许多个包含时日的鸡蛋，主人因而没有哪一日是不快乐的，但是，他的快乐是以打碎生命中的某一日为代价。

问题是，未来的日子如一粒粒石榴籽，大同小异，挤在一起，怎样才能知道，哪一天山静日长，哪一日风狂雨骤，祸事临门。

戈达尔的电影《狂人皮埃罗》，除运用后现代的一些电影手法外，主体叙事依旧条理清晰，无非是一个冒险的故事：原本以为未来会不断变得美好，因为摆脱了庸常生活、喧嚣，以及琐碎，所爱之人又如小雀在身旁啁啾，谁料事情发展旁逸斜出，变故到来总比计划突兀。皮埃罗显然对未来之日的变化准备不足，临事之时无法做到镇定自若。影片结尾时，他给自己的脑袋缠上一卷黄色炸药，又绑上一卷蓝色炸药时，那过分绚丽的色彩，除了戏谑，更多的是一种隐喻。

其实谁又会对未来有充分的把握，能运筹帷幄。

对于必定会来的，未来的某一日，我们始终是冒险者。谁安排着一切，不重要，因为确实没有谁会安排一切。偶然是路旁渐黄的叶子，也是果实，而必然，是一条花木扶疏，或者烟尘甚嚣的路。冒险需要大胆，这方面，我们都是胆大之人，因为我们都在义无反顾地迎接每一天的到来。要知道，这到来的每一天每一时，都有可能出现变故。

秋分后的一天，下班途中，路过一块尚未被建筑物覆盖的荒地，我看见野生的植物正在享受明净秋光：高秆小蓟深紫的花正在萎败，它密集的种子带着白色长毛准备远行；薄荷紫色的花序串串举起，这种略带辛辣芬芳的植物，总是到处生存；菊芋开出明黄的秀丽花朵。蝴蝶还在飞舞，而淡褐色的蚂蚱，在路基上。蚂蚱蹦跳的方式你以为不过是一条抛物线，不，当它在你的手指碰触下弹跳开后，它着陆的姿势是头朝着来时的方向，也就是说，它在画一条抛物线时，身体旋转了 360 度。秋光如此沉静从容，仿佛从没有任何事情发生，而将来，亦不会发生任何事情，一切已经无可置疑的淡远，像近处山峦上那缕若有若无的烟云。

我想，我自己，也没有什么事情去烦恼了，在这个秋日的下午。总会过去的，尽管在当时，曾经怎样不堪重负，怎样想放弃，或者，怎样沉溺以至自己都要鄙夷。任何不曾料到的事情，过去之后，发现它是那样理所当然而又遥远朦胧：我曾以无知无畏来迎接的每一个灰白黎明，我心安理得而又略带倦意送走的每一个薄暮。

是，一切不好定论，然而不确定的一切必然到来。未知的日子真是一些甘苦不明的果子，而不是算盘珠。冒险者如果以敲碎一只时间蛋的方式迎接冒险，未免显得懦弱，然而，如同皮埃罗那样张皇失措，绝望极端，也大可不必。这样，我便想到米沃什的那首诗：

如此幸福的一天。
雾一早就散了，我在花园里干活。
蜂鸟停在忍冬花上。
这世上没有一样东西我想占有。
我知道没有一个人值得我羡慕。
任何我曾遭受的不幸，我都已忘记。
想到故我今我同为一人并不使我难为情。
在我身上没有痛苦。
直起身来，我望见蓝色的大海和帆影。

被虚构的人

很多时候，一个人与另一个人毫无关系。譬如现在，这秋分后的一个薄暮，太阳在天空，仿佛煮糊了的汤圆，灰白色的云漫过，像黏稠的汤汁那样可以用勺子舀起。地面上，白杨树垂着叶子，那是无数倦怠的面孔等待歇息，我坐在窗内，敲几行字。这是一件正在发生的事，没有多少实际意义，但这件事暂时将我同他人隔绝起来。窗外，无数粉尘中的人，或行色匆匆，或闲散隐逸。他们在这粒大汤圆下念诵经文，在水边为一棵瘦小的莴苣培土，拄着拐杖乞讨，或者含泪吞下一碗牛肉粉丝……此刻都已与我没有关系。真是如此，此一时，我不知登山者怎样渴望营地，不知疼痛者怎样祈祷痊愈，不知醉酒者怎样胡言乱语，不知老去的人怎样将前尘影事细细回忆。

这自然是另一层意义上的关系，排除掉生物链和社会体系。但绝不是你在饥饿，而我在饕餮，你瑟缩角落，而我打马走过花前。

寻找那位女子，已经许久。这一件事情来得毫无征兆，我甚至不记得那是何时，在何地，我在做哪件事情。那一刻，女子的脸突然出现在大脑屏幕上，像贝拉·塔尔或者塔可夫斯基的一个电影镜头。齐耳短发，大嘴，微笑时右嘴角上翘，露一个酒窝，皮肤白中泛黄。无需观察，她的笑容我早已熟悉，便是她说话的方式，她的女中音，说话时带的鼻音，以及她头发散出的一点点洗发水味道，我也熟悉。我像熟悉旧日曾经形影不离的某个朋友那样熟悉她，但我不记得她是谁。当我意识到这一点，开始在记忆中搜寻她时，发现没有一件事情与她有关。

我以为这是暂时的健忘，只要努力回忆，定能水落石出。我以时间为线，从童年开始搜索，直至目前。我也曾以空间为线，扫描我所到过的每一个地方，但她始终不曾出现。不存在于我的任何一个年龄段，也不在我到过的任何一个地方。没有名姓，不知籍贯。她只是以一扭头、咧嘴一笑的脸部特写，出现在我的大脑中。

电影《盗梦空间》里，造梦师柯布对设计师女孩说："我来问你一个问题，你从来回忆不起某个梦的开头，对吗？你只记得梦做到一半，然后就断了的那一部分，是不是？"在那部电影中，判断身处的是梦境还是现实的方法，是看旋转的陀螺是否停下，如果陀螺停下，说明那是现实，如果陀螺无尽止的旋转，说明那是梦境。造梦师和设计师女孩的对话，实际是给了女孩另一个判断梦境的方法。

那位女子可能是梦境中人，有一时，我这样判断。但梦境中摇曳的花，从来没有芬芳；梦境中巍峨的雪山，从来没有寒凉；梦境中断了的脚踝，从来没有疼痛；梦境中流过的清泉，没有潺潺声响。梦可以渲染色彩，演绎情节，可以编撰词汇、创造诗词，可以哀伤，可以失重，也可以恐惧，但梦不会让你在遇到一个人时，感受到她发梢散出的洗发水味道。

排除掉梦境的可能，又不肯将她归于我偶尔的失忆，查找不到任何出处，我只好认为她是记忆虚构的一个人物。

这世上，虚构的事情和人物，再怎样离奇，总有一些根据。其间原因，除去世间物事总是似是而非，大约便是想象力的问题。虚构的奇异与否，肯定与想象力成正比。然而大多数人的想象力又与年龄成了反比。庄子是个例外，摇摇摆摆长大成人，想象力并没有被现实削减，但那只撞上庄子额头的异鹊，还是来自南方。博尔赫斯写时间，依旧说它是一条河，流过田野，流过屋顶，流过空间和所有星辰，说它不过是小径分岔的花园。虚构总像鸟飞过时的翅膀痕迹，像灰烬消散。

这样，我又觉得，那位我百般寻找的女子，肯定来自我的生活。我们或许曾总角之宴，言笑晏晏，或许曾离别相聚，千回百转，又或许萍水相逢而后再无音信相传。我相信我们之间，曾经枝叶繁茂如同春天，但最终隔断，并非源自一场胡搅蛮缠，也并非故意删减，而是，某种自然而然。

所以某一天，你我皆有可能，成为被虚构的人，在你我的记忆中，这实在不必要唏嘘感叹。

异乡人

烧水，顺手拿一个刚清洗过的高脚杯，撕开药袋，将棕色颗粒倒入，用沸水冲泡。颗粒很快融化，水成为深褐色，找一根筷子，慢慢搅，杯中便形成一个动荡的漩涡。漩涡四周高，中心凹下，如果继续搅拌，感觉那些旋转的液体，会像一件丝绸那样，从杯沿飘出去，然后在风中飞。然后，我感觉自己已经回到很久以前的某个时刻，那应该是童年的某个场景，我站在幽暗阴凉的屋内，身边没有他人，木头家具藏在角落，一些搁置已久的物品从抽屉散发出霉味，土墙泛着潮气，板壁上有经年的尘土味道，屋内没有任何声息，地面冰凉，空气像一团巨大而冷却的泡沫，正将我包裹，我扭头，发现纸糊的窗格外，是一团朦胧模糊的白昼……

当我察觉，并回身四望，我发现自己还是站在现在的厨房内，眼前是绘有棕色横条的橱柜，玻璃养生壶中，泡开的石斛花舒展着它淡黄的花瓣，砧板上，是切开的半片翠绿芦荟，而我手捏竹筷，还在搅动杯中药剂。这是一件丝毫没有预防，也没有准备的事情，它突然发生，仿佛一枚方向不明的箭，瞬间将我击中。

回忆是一个庞大的爬行动物，或者像深海的鱼，它们游动，出现或者消失，并不受谁的控制。很多时候，回忆只是想起曾经的事情，晃过一个镜头，响起一个声音，闪回一个面庞。回忆的时候，你会发现，你已经是那些事情的局外人，你跳出来，站在远处，或者一个有高度的地方，你只是观察，不出声，偶尔感同身受。在回忆中，你其实更像一个看电影的人，有时候，你被荧幕上的片段吸引，但更多的时候，你会告诉自己，这不过是一场电影，你从不曾回到过去。也就是说，过去已经被你抛弃，或者，过去已经将你抛弃。你和过去，你们站在时间的两个端点，凝望，审视，端详，你们不会再靠近。

然而，在我搅动药剂，注视漩涡的那个瞬间，我清晰地感觉到，我并非只在回忆，而是，在那一个瞬间之内，我已返身回到过去，像走出门，想起一件东西遗忘在屋内，于是重新打开门，走进屋里去。过去像一缸浮着苍术的清水，我跳进去，甩动胳臂，拨出水花。只是过后想起，不明白的是，是过去重新出现，迎面走来，还是过去一直停留在那里，像那些注满瓷缸的水，而我扭身，回到过去。

时间如果能像植物那样种植，如果能像一缸清水那样储存，如果能像一块绚丽的波斯地毯那样搬动，人们啊，如果你能在时间中任意穿梭，像一滴雨，像一缕风，像一阵歌声。

可是，约·威·邓恩在他的《时间实验》中说，一个认识的主体不仅认识其观察到的物体，而且认识一个在观察的主体 A，也认识另一个认识 A 的主体 B，因此，也认识一个认识 B 的主体 C……也就是说，对于时间和曾经的自己，我们永远是那个在观察的异乡人。

回忆是一场盛宴

完全处于混乱，但感觉迷人，第一次看电影《去年在马里安巴》，彻底被所谓“新电影”和“新小说”的结合弄得狼狈不堪。传统的单向线性时间坐标被打乱，过去与当下失去合理的衔接口，回忆与现实如同两枚气体充盈的皮球，毫无秩序地弹跳，事件成为片段，支离破碎又任意拼接，一些影像符号出现又消失，总是突兀，过去，现在，将来，心理，或者想象的各种时态，总是摸不准，似乎无意义的人物活动莫名其妙：打枪、喝酒、赌牌、跳舞，有意义的活动却又不知所云：不知名的戏剧，不知名的音乐，不知名的雕塑。镜头的闪回与唐突的剪接中，枪声骤响，女声尖叫，面孔瞬间凝固……不确定的，可能的，临时的，反常的，这后现代主义的“反电影”，风格如此浓郁。

唯有影片的物质构建和语言精雕细琢。唯有一场回忆如同充溢着酒精的盛宴。

以几何图案呈现的花园，它不容许有任何凌乱，树丛之中的砂石路，注定纤巧的高跟鞋要提在手中，身着古装的雕像，它的故事，来自神话传说也来自残酷历史，台阶总会在面前延伸，走廊没有尽头，一扇扇紧闭的门，它的旁边是黑暗阴冷的木雕，巴洛克，那个逝去时代风格装饰的客厅，卧室里镶嵌着边框复杂的镜子，而装有淡色饮料的玻璃杯不小心就会破碎，大理石光洁冰冷，女主人用一只手抱住自己肩头的姿势，还有男主人精致的面容，黑白调赋予他们以深度，每一个局部似乎都蕴含寓意，容得推敲，却没有哪一样属于多余和潦草，黑白同时给予它们以优雅和情趣。

法语的读音那样美，尽管听不懂。人物交谈和叙述者绵密的独白，那几乎是一座语言迷宫：叙述、描绘、重复、提醒、犹疑和否决。“我再次遇到你，你从来不像在等我，但我们总是碰面，在每一个拐弯处，每一个矮树丛里，每一座雕像的脚下，每一座喷泉的池边，看起来仿佛，整个花园中只剩下了你和我。”“我们偶尔说说话，讨论雕像的名字，树丛的形状，喷泉的水滴，天空的颜色，或者我们什么都不说。”男主人公的语言，不能确定那是诱导，是侵占，是布局，是幻想，还是迷惑，而女主人公，在繁复的，如同他们所处的那座房屋一般奢华的语言中，不断恍惚，焦躁，沉溺，再恍惚。如果封闭的内景不能表现人物内心的踊跃，如果不能让时间的迷幻和暗潮似的情感得以宣泄，就让语言表达吧，这古老的，无处不在的，然而不可靠的方式。

主干之外的枝枝杈杈，包括攀缘的藤蔓，短暂停歇的鸟雀，几乎都是形式，尽管偶尔开花，偶尔结果，偶尔鸟语啁啾。这如同我们的一生，一条路笔直地通向尽头，但让我们停驻、徘徊、回首、拐弯、疾步和慢行的，全是路旁婆娑的风景。再看《去年在马里安巴》，却发现，排除掉导演阿伦·雷奈所做的极尽一个法国新浪潮导演最先锋的拍摄手法外，影片讲述的，依旧是一个有着自己逻辑关系和时间关系的故事，一个可以发生的故事。

浪漫的故事可以发生，陈旧的故事同样可以发生。只是，有些故事发生在瞬间，有些故事，需要长久铺垫，这如同，有些故事只在故事中，而有些故事，注定负载寓意和象征。“这是一部简单的爱情故事，是相遇、劝说、征服的过程。”导演如此解释，过于急躁。因为简单的过程，原本可以任意猜测：是过去、现在、将来，是现实、梦幻、想象，是可能，还是不可能。这原本是这部电影叙述的快乐：彰显一种形式，让它如同烟花礼炮，因为这一切，不过是一场回忆。

在个人，回忆是一场充斥着酒精的盛宴，谁的回忆精准无误，谁的回忆又需要反复核实。然而在繁复的时空里，回忆又永远只是线条。偶尔纤细，偶尔粗壮，却总是断断续续。我们相遇，不过是两根线条交叉而过，叠加只是那么短暂的一瞬。无法印证，亦无法相映成趣。我们看不见彼此的过去，也看不到越行越远的，我们的别后。因此可以制造，可以销毁，可以无限制地揣测，我们彼此的回忆，不过是一些单薄易碎的不确定。

西西弗斯的快乐

加缪笔下，西西弗斯是快乐的。西西弗斯求得阎王同意再次回到人世，原本是来惩罚他的妻子，但是当他置身于明净的阳光之下，坐在泛着微波的大海边，感受石头的温暖，看远处山峦起伏时，他再也不愿回到黑暗阴森的地狱，任阎王怎样愤怒和警告，都无济于事。西西弗斯最终被诸神宣判，终身与巨石为伴。

面颊贴着巨石，肩膀被牢牢压制，两臂伸展开来，双脚深陷泥中，如此鼓足全身之力，推石上山，然而经过漫无天日的辛劳之后，到达山巅的巨石轰然滚落，一切努力毫无所成。“这就是对尘世的热爱所必须付出的代价”，这样毫无指望的辛劳，必得重复，必得忍耐。但是即便这样的时日无以止境，西西弗斯还是享受着幸福：“石头的每一个原子，夜色朦胧的山上的每一片矿岩，本身就是一个世界，奋斗上山此事本身足以使人心充实。”命运造成人间事务，必须由自己解决。无效的行为构成西西弗斯的命运，并将由他的死亡而归于沉寂。

电影《恐怖邮轮》被称为最费脑力的十四部电影之一，听起来有点唬人，翻译过来的名字也过于直白，没有任何婉约美感，看完之后，发现它的故事架构，竟然与西西弗斯的故事如出一辙。单身母亲杰西和朋友出海游玩，不久他们遭遇风暴，翻船落海，经过艰难挣扎，爬上游艇残骸。正当他们在海上无计可施时，一艘巨大游轮向他们驶来。欣喜之余，他们未加思索便登上这艘名为“艾俄洛斯”的游轮，结果发现这是一艘 1930 年便告失踪的神秘之船。似曾相识的走廊，空无一人的船舱，到处是血迹和神秘指示，惊异之时，突如其来的变故，将几个人带入万劫不复的轮回之中。

在这轮回之中，杰西无意充当了西西弗斯的角色。她必得在不祥的预感中一次次出海，一次次遭遇翻船，一次次爬上游轮，一次次杀死另一个杰西，然后一次次看着又一个杰西和她的朋友乘游艇从天边驶来。无限的循环往复中，杰西从没停止过抗争，她也似乎并没意识到这其实已是一种酷刑，因为她在未上船之前已经死去，她这样做是在背叛死神。

我们看得见西西弗斯的荒谬，因为所有行为纯属徒劳，杰西同样如此。他们身陷其中，无法终止。一条没有终点的路带给行人的，也许并非就是信心和前尘景象，相反，有可能是厌倦之后的绝望。但行人既已上路，如同我们熟知的那只蚂蚁，它乘着树叶，已经顺水漂流，那一时它必得继续停留于水面。如果选择就此跳下树叶，一刻成为永恒，任何变化或许从此消失，而无止境的前行和漫长的绝望中，或许有超越命运的可能。

认识到事物或者行为的本质，所谓无常性空，有时会更加绝望。这或许全是贪恋所为，如同欣赏一株花树，我们总不能想象深冬时分它一树枯败荒芜的模样，尽管那将是它终极的样子，我们更愿意看到它在四季的迥然不同，蓬勃、繁盛、清冷和渐渐凋零。本质之外的掩映，如果无关是非，都将是点缀，是铺陈，是细节，是一唱三叹的余韵。

对于残酷生活，应该愈加坚持才对，哪怕那种倔强有悖于诸神的旨意，但是它不违背人之常情。杰西作为母亲，她要儿子活着；作为朋友，她要赴约；作为她自己，她必须要另一个作为敌人的自己死掉。这是她可触的真实生活，唯有躬身下去，唯有从局部切入，唯有夜以继日的重复，尽管最终会以徒劳告终。

一枝花

晨间，一场大雪突至，天地瞬间迷蒙。站在窗前，看远山和近处楼宇，其实远山已和天空融为一体，楼宇也只剩一些方形的灰白轮廓。雪花如同春天的雾气，并非从天空降临，而是，从大地升起。它迅速生长，肆意蔓延，最终将大地上的细微和庞大遮掩。

有雪有雨的时刻，总是让人感觉安全。这并非否定太阳的温暖，以及月华清辉。太阳底下，人们各自匆忙，月光之中，人们又多同床异梦。看似充实热闹，然而浑然之中，个人界限分明。世界寥廓，万物丛生却又各自为营，唯有雪，唯有风雨一场接一场，唯有雾，唯有一种来自自然的迷蒙，才会将个人连接，成为无是无非的一个整体。在那里，人们共同迷茫，共同忧伤，便是偶尔埋怨，也带着殊途同归的一致。所谓风雨同舟，我更喜欢文字表面的意思，因为简便，因为容易做到。

在这之前，是一场春天的雨。雨即便细小如同光纤，如同发丝掠过面颊，也要发出声响。大约凡是耐不住寂寞的事物，都喜欢弄出些声响，譬如风雨雷电，譬如鸟虫走兽。这些自然的声响，若能翻译出来，说不定亦有寂寞此生谁与共的叹惋。至于雨之前，这是这一天的开始不久，是一阵唢呐吹奏。

民间的曲调，总是情绪质朴外露，结构单一，气氛烘托，全借助循环往复。很多时候，人们甚至并不追究这曲调的名称，以及由什么乐器演奏，单知道它该在何时该如何响起。唢呐声自远处传来，起初只是凭空一声呜咽，我以为有人在未明的天色中哀痛伤绝，但在后来，这声音开始丝丝缕缕。它时而哽咽如同冰下之泉，带一些青灰的幽冥冷气，时而凝滞干枯，疑似气绝。我在帘内，误以为它会越来越近，直至窗棂，并且让灰白的纱帘拂动。然而它又渐渐离去，断续绵延，仿佛一场晚秋细雨淅淅沥沥。

有人正在离开这个世界远去，再无回归路。这样的远去，有时候是凛然决然，有时候是迫不得已。

每当有人去世，就会有唢呐响起，这是家乡的习俗。电影中，我看见喜事出现，总有唢呐高分贝响起，或者几支热闹明快的曲子，或者一些诙谐风趣的打情骂俏。想来在那些地方，唢呐只与喜庆有关，它接近民众，并演奏他们的欢乐。我所熟悉的唢呐，却来自一场又一场丧礼，那依旧是来自民众的丧礼，穿戴孝服，大声哭泣，种种礼仪，尽显传承与民间智慧。丧礼之中，唢呐会贯穿始终，它几乎是整个丧礼的指挥者与组织者：何时开始某个环节，何时某人离开……自然它会因为丧礼的不同环节，而吹奏出不同旋律的曲子。

这些丧礼中，唢呐在竭尽所能的渲染悲伤气氛，有时会有大段哭腔出现，特别是在起灵时。但有时候，如果请来的唢呐艺人不止一个，人们会在丧礼中提出额外要求：来一段唢呐演奏比赛。于是会有令人兴奋，并且快乐的事情出现，尽管这是丧事。人们簇拥在一起，演奏唢呐的人会暂时放下悲伤的曲调，来几段人们熟知或者陌生的曲子，孩子们笑起来，在院子中央跑动，灵魂幡被风吹动，发出啪啪声响也无人关注……真正的悲伤者，除去亡者亲属，并无他人，这使一场丧礼充满复杂情绪，因为总有人在群体中谋划个人私事。即便是亡者亲属，也不一定自始至终沉浸在悲伤之中，死亡毕竟是见惯的事情。

作为乐器，我并不了解唢呐，尽管它一直在诉说天下兴亡。《百鸟朝凤》听过几次，鸟的天堂，热闹中带些鼓噪，听几遍，再不想听到。那是一个群体的欢乐，赞颂海晏河清。群体的欢乐似乎总是少，因为个体总在烦忧。《一枝花》也听过，来自民间曲调，一开始就哭。哭总归有好的一面，因为它来自个体。但《一枝花》妙就妙在，哭完之后接着欢乐。它的那份欢乐，甚至让人想到席勒的诗句：

欢乐女神圣洁美丽
灿烂光芒照大地！
我们心中充满热情
来到你的神殿里！
你的力量能使人们
消除一切分歧，
在你的光辉照耀下
四海之内皆兄弟。

听得久了，依稀明白《一枝花》的寓意似乎就是：死亡原本是个体的事情，你前我后，从不相约同往，但死亡需要人人参与，不得逃离，不得原地滞留，不得延期，这样愿意不愿意地前赴后继，无以中断，死亡又成了群体的事情。这何尝不像一场丧礼。

日处虚空

图齐在他的《西藏宗教之旅》中描述隐修者的隐修生活，说他们在避开世俗世界的某处，修建一座小土屋、小茅棚或者找到一个山洞，那里只要能坐卧就已足够，然后在角落围一厕所。这个隐修地除一小口外，完全封闭，分派给该隐修者的修法童子每天中午通过小口给他递送食物和水，但不能与隐修者讲话。食物和水通过旋转篮的方式递送，只有篮子能通过小口，这样，隐修者就无法看见修法童子的手。连续三天之内，室内如果没有任何反应，说明隐修者已经患病或死亡，于是叫来主管僧侣做善后事宜。这种隐修期一般长达七年，最短也需五年。

据说，宁玛派的隐修石洞中，一丝光都不许投射进去，隐修者在那里修习一种特殊瑜伽，它能将心和光明结合在一起。内部的光芒由心中发散出来，它与自然的光芒一样，闪烁，并且照亮所有。

这种光芒自发的现象，庄子也曾提到："瞻彼阕者，虚室生白，吉祥止止。"庄子在《人间世》中，借孔子之口，提出斋戒的另一种模式：心斋。颜回要去见卫国国君，向孔子讨要方法，孔子说，你做好斋戒的准备，我再告诉你，颜回说，我家境贫穷，已有几月不曾吃肉喝酒，这难道不是在斋戒，孔子说，那种斋戒不过是祭祀要求的斋戒，并非心斋，颜回问何为心斋，孔子回答："若一志，无听之以耳，而听之以心；无听之以心，而听之以气。听止于耳，心止于符。气也者，虚而待物者也。唯道集虚。虚者，心斋也。"意思是，观照内心某种空明澄澈的境界，寂静的心就会发出光芒。

人之体内，必定不会有一轮发光的小星球升起，如若是，人早已不是一具简单的生物体，它有可能已经成为某个星系，若干小星球悬在身体里面，无止境地旋转，说不定有虫洞出现，时间在那里失去惯常意义，过去和现在，说不定已经颠倒次序。如果果真如此，世界必将是另一番模样，糟糕或者意趣横生，我们已经无法定义，因为我们，早已不是此时的我们。我们不具有我们的历史、我们的未来、我们的恩怨、我们的牵绊……当我们明白，我们必将不再是我们，一切都将改变。

光芒自内心升起，很多时候不过是个比喻，六祖慧能也曾说："如日处虚空。"《六祖坛经》中，慧能升座，给韦侍君及众人做开示："何名摩诃，摩诃是大。心量广大，犹如虚空，无有边畔，亦无方圆大小，亦非青黄赤白，亦无上下长短，亦无嗔无喜，无是无非，无善无恶，无有头尾。诸佛刹土，尽同虚空。"

人本心清净，奈何不懂观照，致使无明葳蕤，烦恼顿生。所谓人人皆佛，即是此理。

除非专门训练，我们无法感受自心虚室生白的纯净光明。我们的心只是一些念头的来来去去，曾有过数字统计，一个人一天会有

8000 多个念头升起。那情景仿佛是，雨打水面，无数涟漪散开消失，没有终止。很多时候，我们看似寂静，失去声息，隐匿行迹，然而内心却是一面汹涌澎湃的大海，或者一件塞满杂物的房间。浪头扑打，或者无用之物堆积腐烂，我们习惯听之任之。我们放浪形骸的，不只是我们的形体，还有我们的心。

但是，你要明白，心并非可寻之物。

微小的快乐

我读书的坏习惯是先翻开最后一页，如果书本的结尾吸引人，就会顺便将最后一个章节读完。如果不怎样喜欢，也有可能将书本搁下，过一段时间，并且认为案边再没有可读的书本时，才会拿起。因为结局已知，读书便温温吞吞，有时两三本书同时读。这样读，往往对书本的作者怀有歉意：不同的故事互相影响着，人物穿插行进，景物驳杂的过程因此拉得漫长，读完一本书，另一个故事或许并没有结束，有时会因此而不了了之。这样的读书方式，自然也有招致懊恼的时候，譬如读赫拉巴尔的《过于喧嚣的孤独》。

在废纸回收站工作的老打包工汉嘉孑然一身，没有亲朋妻儿，终日在脏乱潮湿的地下室用压力机处理废纸和书籍。地下室到处是老鼠和苍蝇，被水浸透的纸张发霉发酵，沼泽地一般腐烂，冒出的气泡仿佛是从臭水沟和泥沼中升起的鬼火。汉嘉总是浑身脏臭，当他偶尔去打啤酒时，啤酒店的女服务员会背过身去，因为他的手上染着血污，额头粘着拍死的绿头苍蝇，有时候，袖管中还会钻出一只老鼠。他在地下室已经劳动了三十五个年头，这之间，他从没有想着要到地面上去工作，因为这份苦差，是他的 lovestory，地下室，是他的天堂。

是，汉嘉在无时不散发着霉烂味道的地下室领略书籍带来的快乐，“三十五年中，我的身上蹭满了文字，俨然成了一本百科辞典”，“我成了一只盛满活水和死水的坛子，稍微侧一侧，许多蛮不错的想法便会流淌出来。”“我读书的时候，实际上不是读，而是把美丽的词句含在嘴里，嘬糖果似的嘬着，品烈酒似的一小口一小口地呷着，直到那词句像酒精一样溶解在我的身体里。”他怀着深情，给每个打成的包里装上一本珍贵书籍，然后将包装饰一番，像打扮一个“儿童棺材”那样。更多时候，汉嘉将一些珍贵书籍从废纸的长河中救出，藏在铺有圣像画的箱子里，带回家。三十五年来，两吨重的珍贵书籍堆积在他的屋子里，直到再也塞不下一本书。

“我从来不孤独，我只是独自一人而已，独自生活在稠密的思想之中”，从来没有理由，“我读书既不是为了娱乐，也不是为了消磨时光，更不是为了催眠”，只因为“我是一个生活在已有十五代人能读会写的国土上的人”。

这原本不是一件无止境的事情，阅读，或者将废纸打成包，再给它裹上绘画大师的复制品。未来哪怕烛光那样微弱，或者风过花枝那样捉摸不定，也要设想。汉嘉想着再过五年，就和那台他操作了三十五年的压力机一同退休，并将它买下来，安置到舅舅的花园里，然后每天只打一个包，那个包比现在的任何一个包都大，仿佛一尊雕像，一个庞然大物，那里面将是他年轻时的幻想，他掌握的一切知识，为此他开始存钱，为那台机器立下存折。

底层的，小人物的生活也就如此，没有多少波澜的一条河，弯弯曲曲，顺着地势流。如果偶尔遭遇颠簸，也可以慢慢磨，用时间。时间总会泥沙俱下，裹走所有。尊严有时候松风一般响，有时候，蛇一样无声爬过。幸福，可有可无，那只是一种感受。如果汉嘉退休了，也许将和我以后的生活一样，坐在幽幽的时间里，慢腾腾地，回忆或沉默。

就应该这样的，顺应着时光，一步一步挪，哪怕一些事情像雪球一样滚大，而另一些人，将虫豸一般匿迹。三十五年后，那依旧是普通的一天，汉嘉的工作发生了一些变化。那不应该算作一个意外，如果换作我，我认为主任让我离开肮脏潮湿的地下室，去明亮的房间，捆一些白纸作为工作，那是一种照顾，尽管主任在心底对我有千种不满。汉嘉应该高兴。

于是汉嘉走过微风吹拂的街道，走过查理广场，拐进一条小巷，打开收购站后门的锁，拧亮灯，压力机叮叮当当响起来，汉嘉弯下腰，给槽里上料，给机器涂上油，摊平槽里的废纸，铺成小床模样，将一条腿跨进槽里，等片刻，跨进另一条腿，转身缩在小床上，手里牢牢攥着诺瓦利斯的作品，手指按在向来使他激动不已的那一句上。只是，他在转身蜷缩于小床前，爬起来，跪着，用手指摁了一下绿色按钮。

这本书，我应该顺着页码读，像举一盏煤油灯，通过幽暗的长廊，慢慢走入一座灯火通明的大厅，或者，在一条由节能灯照亮的甬路上，走着走着，迷进一片长耳鸮啼叫的杉树林。我应该一步一步靠过去，仿佛一个少年吹着口哨，迈着高高低低的脚，直到突然被一截雷电击倒的树枝戳破。

我不应该在开始时就看到汉嘉的死，而应该是，一开始就感受汉嘉的快乐。死亡的事情终究会到，何必提前感受，简单的快乐如同烛火微小，需要时时呵护。

贝拉·塔尔的绝望

贝拉·塔尔的电影《都灵之马》在开篇题解式的旁白中一再告诉你，这马非马，同时告诉你，这甚至不是一个确切的故事，它将发生，或者曾经发生，也可能永不发生。幕后，贝拉·塔尔补充说："只有经历了痛苦，才会拍这部电影，观众会深切体会到生命中不能承受之痛。"这部看上去多少带了点道德规劝剧形式的电影，经导演如此解释后，瞬间靠近尘埃的局部。

痛苦其实是这样一件事，当它发生时，它会填塞在时间的每一个缝隙中，使之密实、坚硬，它绝不会让时间如同液体那样白白流掉，它要你像啃一块干粮那样，将那些时间啃下，咀嚼，消化，然后，它会隐匿掉踪迹，仿佛从没有来过一样。尽管我已明白，贝拉·塔尔的呈现另有所指，我绝不能在观看之际陷入另一种迷惑的漩涡中去，但在观看时，我对贝拉·塔尔所标注的那些痛苦仍旧视而不见。这自然有原因在，但不必提起，因为痛苦一旦被无视，看上去，一切便都是风清月明的样子。是，在这部影片中，我更多的是被那些似曾熟悉的环境吸引，被那细节和寂静吸引，被那些似乎没有任何事情可以发生的生活吸引。较之于尼采的哲学和信仰，我似乎更愿意关注那些微不足道的，更愿意从熟悉的场景中看到我的过去，然后又在过去中找到曾经的自己。

如此肤浅的看一部电影。如此无可救药。

冬天的暴烈之风在原野呼啸，掠过低矮灌丛，也掠过衣襟，风同时刮起尘土和碎屑，让它们钻进鼻孔，沾满牙缝，并将乱蓬蓬的头发弄得更乱。卸下马车，打开用木板钉成的门，将马拉进光线幽暗的马圈，耙来干草，在马粪和干草的混合气味中回身。给炉灶添上木柴，火焰翻卷，发出噼啪之声，烧水，煮土豆。插上门闩，听着风声和瓦片掉落的声音睡觉，马在隔壁打着响鼻，有时撒尿。早晨起来，未及洗漱，裹紧衣服去打水。拿起斧子劈木头，在两根柱子间拴上绳子，晾衣服，收拾马粪。琐碎的细节，漫长单调的周而复始，音符没有休止，弓弦似乎要被拉断……无以结束，无以转折，但我始终被这些挑战耐心的镜头所吸引，从未疲惫。实际上，这些镜头我是如此熟悉：尘土钻进鼻子，在鼻腔黏成一团的感觉，将窸窣作响的干草放进马槽，碰触到马伸过来的嘴唇的湿滑和冰凉，风拍打门扇和窗框时给人的惊惧，挂在墙上的油灯，油烟熏黑墙壁和鼻孔，蛀虫咬啮檐柱，留下白色的细小孔洞，晨间外出挑水，打开门时，被外面的冷风吹得无法呼吸，煮熟的土豆大盘盛放，那是早饭，也是午饭……这或许便是我视贝拉·塔尔的痛苦于不顾的原因，因为我从未在我曾经如此相似的生活中察觉到某种苦。

那时我自然视它们为我的正常生活，因为在我周围，我再看不到生活的另一种模式，贫瘠带来的千篇一律，以至于迷在其间不知其贫瘠。后来，当一些细节被另一些细节替换，当一种周而复始被另一种周而复始代替，回顾时，留下种种惋惜，自然也留下种种慰藉人心的甜蜜，尽管那种甜蜜经不起多少拷问。但是贝拉·塔尔每一个标志性的细节里，几乎都充塞着无止境的绝望：土豆上偶尔闪烁的微光，洗衣盆中袅娜而出的热气，便是那一句“我听不到蛀虫的声音，它们不再蛀木头了”，但这也只是暂时的，它们总是被背影和沉默代替。一件晾晒的衬衣撑满整个镜头，不会轻易揭开，一个对着窗户的背影，不会瞬间移动，狂风呼啸，漫长的时间，破碎压抑，这一切必须要有耐心。

绝望总是以两种形式出现，愤而离去和慢慢忍受。前者过于激烈，但最终会与绝望告别，后者与绝望耳鬓厮磨，互相消耗。如果没有亲身体验，不曾知晓那细枝末节里的光影斑驳，那幽闭和狭小，如果那慢移的长镜头，不曾让你回忆，不曾让你在回忆中进行捕捉和比较，如果你仅仅想象着他的“死亡瞬间，我们不会再纠结所作所为是否有意义，我们，已老去的灵魂，这个世界都不复存在”，如果你仅仅跟随他，尼采，或者老马，你怎能将那些长镜头里的沉滞时间走完。

我因此断定，贝拉·塔尔的电影并不适合任何一个人去看，他只需要一部分观众。如同雪山只需要雪山那样，如同天空只需要天空那样，旧年的鸟只宜落在旧年的树梢上，今日的花，只宜开在错过的路旁。

“我们每天都在例行公事，我们起床，吃饭，睡觉。这不仅仅是一种简单的重复，日复一日，你每天都会变老，每天都会变得更虚弱一些，到那时，你的整个生活都慢慢的不见了，这是合乎逻辑的，是生命的法则。我是否对此感到害怕，是的，你再问我，你是否认真考虑过，我说，我试着无视它，如果你说我很悲观，那你错了，因为真正的悲观主义会自己出现。”

这自然是另一种意义上的绝望，陷入其中，久了，便也看不出什么特殊，因为出路只在内心。

请君入瓮

大风之后，猫又叫起来，这是夜半，必定是流浪猫了，它在楼下声声悲切，已经连着四个夜晚。我希望这是春天的缘故，然而仔细去听，除去绝望，并无焦躁和狂乱。猫叫让夜充满悲凉，这是大地的悲凉，来自群体，而非个人。我翻一本书，翻不下去，又不知该怎样安慰那哀伤的猫咪。有人曾对我说，哀而不伤，我想将这话转述给猫，但知这是徒劳。

猫注定听不明白这四个音节包含的意思，如同我听不明白一棵青杨何故在风中萧萧，如同你听不明白我偶尔的一声叹惋为谁。

此前，那是气温陡降的腊月，东莞的一个夜晚，阴雨不断，我听见一只狗一直在雨中不停地叫，声音来自楼下。白天，我曾见得那里一所住户，三层楼房，屋顶破败，长有衰草，一楼洞开的室内，一位老人坐在板凳上，长时间抚摸一只小狗。我看他们相依的模样，似曾同甘共苦，现在片刻都不能分离。但是凄冷雨夜，狗一直叫。我以为雨水已经将小狗浸透，以为没有一扇门为小狗而开。打开窗户，在路灯照出的昏黄中，我看见那所住户的大门紧闭，小狗的声音来自门后。细雨最终结成檐漏，滴出声响，伴着小狗的哀鸣，无止无绝。我不知那门后有何事正在发生，听不下去，又无法去安慰，我想也许世间没有任何语言可以安慰雨中哀鸣的生灵。

我曾说话无数，在不同场合，不同时段。我曾将幼童说成少年，将豆蔻梢头说成花信时分，我同时将懵懂无知说成一派沧桑，将玲珑剔透说成茫然无措。但这显然不够，我还将继续，这并不是因为那些接踵摩肩的话语之中，我没能说出一句让洪波涌起，亦没能说出一句让风飞云散，而是，那些话语早已学会滑翔，如晴天的鹫那样。

并不久远的一个梦中，我看见大海之上芳草萋萋，风拂草尖，微波起伏。我在草中艰难行走，因为高草披拂，我不得不用双手拨开草棵来寻路径。感觉无助，还有不安，因为夜晚即将来临。如此不知去向何处时，我看到脚下一只蚌壳正在慢慢打开。那是一只黄中透粉的硕大蚌壳，它的内壁洁白，充满光泽。它打开时，海水滑落仿佛檐漏。我听得它对着我说：请君入瓮。它的声音并不洪亮。

这个午后又是大风。这些来自河西走廊的风，苍黄、漫无边际。我坐在阳台上看山。我偶尔这样坐着看山，尽管那只是一些被楼群遮去大半的山头。但是这个午后，大风将山头包裹，这样，我看见的，便是一些黄色的轮廓，不是山的轮廓，也不是风的轮廓。我看着那些莫名其妙的轮廓，突然想起蚌壳给我说的那句话：请君入瓮。它没有讽刺，没有以牙还牙的圈套，它那么温热，它的良善心意，我顷刻便懂。

牧羊人

麦客走出村庄的时候，牧羊人还是赶着一群羊进入深山。他们最终走向两个方向，越来越远，即使他们步步回首，彼此的容颜已经不再清晰。然而谁又在乎清晰与否，长久的别离之中，记忆终将模糊。

我不喜欢一开始就这样说，仿佛在刻意模仿。然而事情总是这样开始，抑或这样结束，所谓世间再无新鲜事，大约如此。

八月，麦子成熟，村庄被金色麦田和大株青杨树分割。那些密植在河沿、田埂和路旁的青杨，长势肆无忌惮，不仅树冠膨大，连树干都被细小枝条层层包裹，显得臃肿肥胖。有时，会有大棵榆树夹杂其间。榆树叶子总是绿到深处，一掐，仿佛便会渗出墨汁。也有沙枣树混杂进来。沙枣树横向发展，善于虚张声势，有风时，肢体动作夸大如同醉酒，尽管叶子绿中带灰显得低调。这样，成排的青杨树，在大地上，阵势十足。大块麦田同样如此。

麦客纷纷从远处山沟走来，戴着草帽，握一把镰刀，有时结伴，有时独行。他们将吃住到某户农家，然后在他们的田地中劳作。但这种时日并不长久，麦子很快割完，大地变得单薄，麦客便将走向另一处金黄之地。有时，麦客也会游荡一番，一无所获，走回山沟。这毕竟是一个机械化的时代，麦客的存在岌岌可危。

但是牧羊人一直在别人的山坡上，放牧别人的羊群。

他们同样从远处大山走来，带着换洗衣服，有时，甚至什么都不曾带。他们在一个村庄停驻，找到安身之所，开始他们的生活：早晨，人们将羊赶来交给牧羊人；傍晚，羊又被牧羊人赶回村庄。牧羊人只有一处栖身之所，饭食由各家各户轮流提供。

这里存在一个问题，如果没有信任，谁又会将羊群交到一位来历不明的牧羊人手上。羊群走进深山，一走便是一天，其间，坑蒙拐骗的事情如若发生，除去牧羊人，谁会知晓。假如羊被狼吃，牧羊人又该如何交付。然而并无这样的事情发生。一些发生的事情，也不是传奇。一次有人追问牧羊人，回家的母羊为何少去一只，牧羊人说明天带绳索跟我进山。第二天，羊被找到。原来母羊独自乱跑，不小心掉进山沟，爬不上来。而且山沟高草披拂，羊一下去便不见踪影。倒是羊羔站在沟畔咩咩不已，这才引起牧羊人的注意。

事情发生的其实很少，更多时候，牧羊人不过是个单调的移动景物。八月之后，大暑之前，阴雨霏霏，阳光暴烈，牧羊人总是身负背影，手握牧鞭，在黄土松动的小道，在野草湿滑的山坡，在清晨，在薄暮，在一群又一群羊之后，仿佛一棵没有根须的植物，仿佛世间与他无关。

与世间无关，该是怎样飘潇。没有群体狂欢，没有独自哀愁。风雨在窗，花月盈户。来时雁嬉沙滩，去时鹰化为鸠。

我读古诗，从不羡慕“牧童归来横牛背，短笛无腔信口吹”之类情景，我也不希求有一日跟着某人去放牧。张狂却又寂静的青春过去，一些幻想水泡般消失，露出的现实土壤，斑点驳杂，一些急于逃脱、急于隐匿的愿望也开始散去。设想万千，抵不过一夕变化。明白之后，世事无常的感慨倒也其次，渐次而来的一些倦怠终将跳脱之心化为安宁。某次和友人在网上说话，她在北京生活，烦了雾霾、烦了公交、烦了闹铃，她说想回甘肃老家放羊，我问羊毛谁剪，羊圈谁扫，她归于沉默。

其实，在我小的时候，我已经做过牧羊人，我也赶牛进山，在蹄子扬起的飞尘中，抬头看天。我明白，我所熟悉的，别人未曾经历；我所想象的，别人已经厌离。

不过如此。

青蛙与枣

季节变换只是一瞬间的事情，仿佛它也要玩些把戏，短暂到连个过程都不曾留于人看，然而它忘却了这世间最厉害的魔术师，仍旧是它自己。一棵枣树茂密如云，正是盛夏模样，叶子浓稠，色泽如同泼墨，枝干在叶子之间，伞骨一般撑开。这样，这棵枣树像极了一把正在雨中行进的黑色油布大伞，雨滴敲下，伞面微波颤动。但雨滴实际并未落下，枝叶之中，大如核桃，幽微晃动的，全是结出的新枣。尚是未熟之时，枣肉紧绷，黑色枣皮没有弹性。我仰头探看，枣子粒粒欲坠，仿佛诸多珠玉，但我并未生出伸手采摘的念头。

瞬息，再见枣树，冬季已到深处。枣树高大许多，它的骨架撑破伞面，枝杈遒劲，造型苍老如同古柏。它的叶子和枣都已掉落，一面天空挂在树顶，灰白，没有亮度，没有风，也没有雨过。

是否应该叹惋，浅山寒雪，正是未消时，但听得有人提醒，说，低下，低下。我低头，见得掉落地面的大枣，一头埋在土中，并且有着继续深入的冲劲，仿佛正在无地自容。我弯腰，捡起一枚大枣，像从深秋的土壤中捡起土豆那样。然而当我直起脊背，打开手掌时，那枚大枣，早已成为一只青蛙，蹲立掌心。

青蛙鼓着眼睛，它的金色眼皮薄如蝉翼，黑眼珠仿佛刚刚被水浸透，它翠绿的光洁皮肤上描着金黄线条，让人想起“绿兮衣兮，绿衣黄里。心之忧矣，曷维其已”的绿衣之叹。它蹲伏的样子，似乎眼前一方清池，它随时要一跃而起，投入水中。没有惊恐，亦无惧怕，仿佛事情本来就是这样：一枚掉落在地的大枣，原本就是一只青蛙，或者，蛰伏在地的青蛙，不过是一枚大枣。

说来惭愧，我并没有见过枣树，或者见过，但并不知道它就是枣树。梦醒之后，我想起梦中所见枣树，它的叶子不过是一棵人心果树的叶子，革质，长卵形叶子聚于枝顶，大枣也不过是些未曾成熟的人心果。

然而这人心果树，其实我也只见过一次，在海口东坡祠。

我原本是奔着什么去的，但在东坡祠，除了两棵没有开花的古梅，除了浮粟泉的冰凉泉水，除了鸡蛋花树光秃的枝条，再见不到什么。一块正在维修的牌子挡住我们的路。无限惋惜，只好看天。海南的天，即便是深冬，也蓝得如同春季，云朵翻卷，花瓣那样。天总该是东坡注视过的天空吧，但那些云，早不是当年东坡所见。黯然，然后移步，撞见那棵人心果树。

也只是无心所见，没有惊喜。然而在梦中，人心果树还是以枣树的名义出现。

假借，抑或托付，不得而知。

然而，然而，云何隐秘，云何婉转。醒时思量，倒察觉一分有意：枣树不是枣树，青蛙不是青蛙。依此，那枣也未必是枣，树也未必是树。

相状原本时时在变，是我们偏执一念，相信那恒久远。

月印千江

夜半醒来，见得帘上明月，如同一枚剥去皮的荔枝。其时未必真是夜半，或早，或迟，既是中途醒转，当是夜半。这种猜测无理可据，胡搅蛮缠，然而好玩。因为没戴眼镜，透过纱帘去看，月亮仿佛长了一层绒毛，正在漫天的水中漂浮。中秋过去已经两三天了吧，算去，月亮该是徐徐瘦下去的样子，即使不清绝，肚腹也该是凹陷了的。然而隔着一层纱帘，月亮还是壮硕浑圆。

我知道，如若戴了眼镜去看，月亮将会是另一番模样。它的绒毛褪尽，边界分明，它陷下去的部分，突兀醒目，它也不再裹了包浆般圆润，它仿佛小了一号，是另一颗月亮。

另一颗月亮，我被这种想象绊住。

村上春树在《1Q84》中借青豆和天吾之言，曾反复描述另一颗月亮。“天空中浮着两个月亮。一个小月亮和一个大月亮，并排着浮在空中。大的，是平常看惯的月亮，接近满月，黄色。但在它旁边，还有另外一个月亮，一个形状不曾看惯的月亮。稍微有些变形，颜色也仿佛薄薄长了一层苔藓，发绿。”“一个是自古就有的原来的月亮，还有一个是小得多的绿月亮。和原来的月亮相比，它有些走形，亮度也差很多。看上去就像一个不受欢迎、又穷又丑的远亲家的孩子。但它显然在那儿，难以否认。不是梦幻，也不是错觉。它作为一个具备实体与轮廓的天体，的确浮在那里。”

然而那只是另一个世界里的月亮，或者说，它只是村上春树的月亮。它被想象，被安排，被描述，但同时，它也被隐蔽，被忽略，被否决。它作为意象，总是象征，总是警醒。它无法像那颗正常的月亮，被人无意扫视，然后一眼带过。它也只是在书本中，在纸页上，在多人的意识中，它无法圆缺，无法升起，无法移动，无法滑落。它几乎被制造，注定没有流动的光辉似水泼。而此刻，我窗外之月，却是那么的清辉。

“那是深秋，半夜时分我们便驾起马车去远在高山的田地劳作。那晚月亮很大，月光照着山脉、森林和河流，我们走动时，像走在银子里一样。青稞捆子早已排在一起，我们很快便将马车装满，用绳索扎紧，我跳上马车，坐在车子顶端，开始回家。路不好走，弯曲颠簸，车轱辘在月光中发出声响。走过一段沟坎，马突然焦躁起来，显得不安，步子迈得很碎，尾巴甩动。我抓紧绳索，想这月光居然也会刺激马匹。这样又走过一段路，我偶然低头，发现车后跟着一只狼。那是一只灰色的狼，或者，是其他颜色，但月亮给了它灰色。起先，我以为那是一只大狗，我盯着它看，想它跟着我们要去哪里，后来脑子一转，我看它的尾巴，垂着，于是我明白那是一只狼。我不敢出声，不敢说给驾车的人，不敢动，不敢闭上眼睛，也不敢盯着狼看。什么都不敢看，只好看月亮。月亮贴在天上，仿佛死了一样。”

关于月亮，或者狼，一位老人曾如此讲述。

每忆起老人所述，我眼前所现，总是漫无边际的银色月光，大地在它的包裹之中，如同虫豸微微起伏：山脉、河流、森林、田地、道路、马车……那几乎是一片银色的大海，只是没有船动，没有帆影。至于那死了一般的月亮，却从不曾出现。

便是我眼前出现，也不过是另一颗罢了，我想。

我偶然想起的事情，总是毫无来由。有时，它们属于杜撰；有时，它们又来自回忆。杜撰天马行空，疆域广阔，回忆微薄，细枝末节接近想象。这样，我所想到的，与这现实，便有了距离。隔着距离的，左思右想，都显得缥缈，要么是过去之物，要么，尚未来到。

月亮不过是个环绕地球运行的固态天体，它与地球的关系，天文术语便可道尽。然而圆满它的，却是时间和人。时间总是存在于另一些时间之中，不管成熟与否，它们带着逝去的气息，却又日日翻新，这一时，绝非那一时。那些人，以及潜藏于月光之下的物事，那些青葱植物，啁啾鸟鸣，那些流动并且远播的清气，这一处又不似那一处。如此推及，我现在所观之月，既不是先前之月，亦非将来所见，更不是他人同时之所观，它只是另一颗之中的另一颗，因人而异，瞬息万变。唉，想一想，这世间该有多少月亮。

跳房子

多年前，约是十四五岁时，和同学跑出去，坐在离县城不远的一面山坡上。那时正是七月，白天阳光普照，夜晚总有些雨，这使万物气息始终清冽，天空明净。山坡上没有高大树木，也没有枝柯纠结的灌丛，只有茵茵茅草和匍匐的植物根茎。依稀记得草丛中开着许多田旋花，茎触须一般探出去，伸到很远，并且藏在叶子底下，似乎是小虫子的绊马索。白中带紫的田旋花像极了小漏斗，我们坐着说话时，田旋花便举着小漏斗朝我们“呐喊”，可是谁都听不见。

那一天说了很多话，现在想来，那些断断续续的话还是有一个主题，因为我们始终在描绘未来。我的设想不精彩、不高远，所谓宏图大略，一点都没有。我说，将来学业结束，有了自己的时间和空间，买一把二胡，无事的薄暮里，就坐在窗下吱吱扭扭的拉。

话说完，便如一场雨过去。只是多年来一直记得那个阳光迷蒙的七月，那些星星般绽放的田旋花，那些草丛中蝈蝈慵懒的叫声。也一直记得那一天说出的，那从未实现，却也从未淡忘的愿望。

想一想，一些愿望从未实现的原因是，根本就没有为此努力过。买一把二胡，买些曲谱，报个辅导班，或者殷勤些，找位老师，都不难。但就是不行动，我知道那个愿望像一只小宠物那样跟着我，时时仰起头，等我说：好吧。我就是不理它。

而从未忘却的原因是，我再没想着要实现它。

如此不可理喻。

女孩们玩跳房子，其中有一种玩法是，当所有格子跳完后，可以"盖屋"。就是跳房子的人背向格子，将瓦块或沙包从头顶向"城内"扔去，丢进哪一格，就算在哪一格盖屋成功，下次跳到此格，便可以休息，但对手必须跃过此格，不准进入。

四十多年过去，我们哪一天不是在和自己玩这个游戏。

努力和坚持并不是保持平衡的唯一要素。在游戏中可以，但现实中，努力需要和某些选择共存才能保持平衡。地面上，那些用土块画出的格子，不是都用来收获，有一些，注定要分送出去，像水一样抛掉、雪一样融化。它注定属于乌有，属于放弃，因为局限使它如此。局限使我们认清范围，范围又使我们明白，世界和事物的魅力是无穷的，我们只能如一只小虫子跳到花蕊中那样，走一走，嗅一嗅，然后适时而返。节制是必需的，如果运气好，当然可以裹些甜蜜的花粉出来，如果沉醉不知归路，那只能误入深处。

我没有实现的愿望，自然以另外的愿望代替，我没有坚持的，自然以另一种坚持填补。目的不在于最初和最终，过程一波三折，始终不忘的，不是圆满，而是清醒。

雷·布莱德伯里的小说《跳房子》里，深夜醒来的维妮亚从二楼窗户望下去，看见孩子们画在人行道上的跳房子："它无尽地延伸，线条接着线条，格子挨着格子，格子里的数字也在不停递增，看不到尽头。它沿着街道疯狂地增长，从三、四、五到十，然后到三十、五十、九十，在遥远的街角转了过去。孩子的世界里可从没出现过这样的跳房子，可以一直跳向天际。”在这里，格子是时间，是人的一生，是无尽的可能。有预示，就意味着取舍，所有该出现的，和所有终将错失的，都堆在那些格子里，那里也堆着葡萄一般成串的甜蜜和苦痛。然而这有什么关系，维妮亚还是走下楼，赤着脚，穿过潮湿的草地，跳进她带着夏日气息的十七岁。

我们明白，那一种可能微乎其微，但依旧迷人。

天河夜转

重读李贺的《天上谣》，才发现当年读此诗时，对诗人的理解是多么一厢情愿。也许那时年少，万水千山尚未相逢，容易轻信，因此敢断定诗中的李贺，便是这个世间唯一与我一样听过银河声音的人，那时甚至以为，我们所听到的声音都没有多少区别，那确实是某种流水的声音。奇怪的是，此后多年，当我凭借他物，与许多古人重逢又别离，却始终没有一个身影如李贺那般清晰。

想一想，我与后来者的交集，也仅限于因物事而起的情思。但那些情思，也早已被传承为大众的情思。如同那个银色夜晚，当我注视树梢上的月亮，我知道，此身之外还有同样的目光也在注视那一轮。那些目光也是一条河，自人间流向天空。在那汩汩的流动中，我是倍感慰藉的一个，却又孤清：即便在少数中，我们彼此依旧保持遥远的距离。但《天上谣》不一样。

那时越过他的诗，我看到久远前烛火暗淡的夜晚，看到因为幽寂而失去颜色的花，看到风刮着衣衫的青年，看到青年头顶，银河正在缓慢旋转。它灿烂又炫迷，河岸广布花草与珍珠，浪花翻卷，一些带尾巴的星，仿佛游鱼。那一时，我同样听到自那里传来的声音，如远方山间的瀑布，它在抵达的同时，又迅速离去，它浩渺，却又如秋天的雨，淅淅沥沥。

“天河夜转漂回星，银浦流云学水声”，而现在，当我重读，我怀疑当年立于夜空之下的李贺，未必真听到过银河的声音，他或许依旧在他的想象里。他的想象瑰丽又绚烂，仿佛我曾经反复观看的银河。

成年后似乎再不曾见过银河，什么原因，不清楚。记得最后一次看夜空繁星，是在四五年前的祁连山中。暗夜中仰头，不大的星空被四周高山箍成圆形，黑如深渊的天顶，繁星或远或近，它们的色彩，暗红、莹白、米黄，或淡蓝，依旧如故，曾经熟识的一些星座，仙后、猎户、大熊，依旧看得清晰，但跨河而居的牛郎和织女，以及银河，却被忽略。过后思及，那一晚，也许曾见过淡而又淡的一缕，仿佛被风拂散的白烟，但在注视之时，并未明确告诉自己，那就是曾经为之着迷的银河。

以前的银河，像天空的一道裂痕，如果扒开那道裂缝，像剥开一个石榴，会看见天空的内部，是无数群星，它们汇集、拥挤，并且发出声音。我站在群山之下的院落，分辨那些声音。松涛来自南山，如果无风，黝黑松林只是一张贴着的药膏，没有声音，夜鸟不经常啼叫，翅膀也不怎样拍响，河水始终汤汤，它在晴空的夜晚，尤其喧嚣，偶尔犬吠两声，随即隐去，然后，然后我会听见自头顶星空传来的微弱声音，那是无数纤细的爪子在天空悄悄走过。

我确信那是来自天空的声音，尽管多年后，我曾一度怀疑那声音是否是我听错了，或者是，我的耳朵中，确实有一些声音，像耳鸣那样存在。但在后来，我又开始确信无疑，那确实是来自天空的声音。

1965 年，美国的两位物理学家在检测一个非常灵敏的微波探测器时，发现它们的探测器接收到某种来自天空的噪声。不论探测器朝向哪个方向，这些噪声都是一样的，而且不论白天夜晚，它们都没有变化。后来证实，这些噪声来自宇宙微波背景辐射。科学家由此断定，宇宙是从大爆炸开始的，时间也从那里开始。科学家还拿出一张宇宙婴儿期的照片，让我们相信，我们确实在这些噪音中快速奔跑，彼此疏离。星星颜色的不同，正是彼此距离的证明。

有时真会觉得，时间实在不算什么伟大的东西，它不过是一根穿越宇宙的弦，我在这边拨，你可以站在宇宙的起点，或者末端跳舞。

罗拉快跑

事物的存在如果没有任何变化，开始既是结束，过程便是开始，没有停顿，没有中断，会怎样。电影《都灵之马》开始时，随着马夫回家这个长镜头，是一段慢慢持续的音乐，单调、反复的简单旋律，由低沉的大提琴演奏。假如不去关注镜头的移动，忽视掉旷野的树和风，以及马夫的疲倦，假如只是闭上眼，听音符无止境的持续，大约没有多少人会坚持几分钟。我曾经尝试，起初会注意音符的跃动，旋律虽然沉闷，但也有某种情感藏在里面，需要领会。然而时间一长，音符变化所带来的新鲜感逐渐消失，某种一成不变的东西渐渐显露，音乐开始变得枯燥，无法忍受。一位朋友形容此种感受：如同钢锯拉过心脏，一根弦快要崩断，但就是丝丝粘连。

凡俗人的愿望，通常是花好月圆，人常康健。然而如果一枝花始终是绽放模样，一缕光始终照在窗檐，一声鸟叫没有婉转，一个涌起的浪保持直立；如果一个人一直青葱或者中年模样，一种猜测一直在猜测当中，一种预设一直被预设，会怎样。它们是否会如同一条蟒蛇，隐去头尾，只是一截壮硕的躯干部分，在路旁草丛不分时日地爬行，最终令观者厌倦，乃至逃离。

存在如果没有多样化呈现，消失和隐匿被一一否定，便也失去存在价值。一件事情发生，原本只是某种偶然，或者自然的顺应。过程是事情的一个部分，长短不一，事情本身可以御风而行，亦可逆流而上，不管方式怎样，结局始终在前方。结局是这样一回事情，你在行走，一条小狗迎面向你跑来。结局又如同树上的叶子，你知道它迟早会变黄、凋零，但你不知它最终会飘向哪里。

电影《罗拉快跑》中，女孩罗拉为了阻止男友曼尼去抢超市，必须要在20分钟内筹到10万马克，为此，罗拉摔下电话，开始为钱奔跑。如果单是这样一件事情，导演也许会发挥各种才能，将筹钱过程演绎得波澜起伏，人间百味，也许会尽显其中，然而导演的意图并不是单一的过程本身，而是过程导致的结局。罗拉被父亲赶出，无奈同曼尼一同抢劫超市，被警察包围，中枪身亡；罗拉将父亲作为人质，抢劫银行，但曼尼被急救车撞死；罗拉没能见到父亲，只好以100马克为赌注，赢得10万马克，曼尼也找到丢失的10万马克，交给老板。这是三种不同的结局，因为罗拉不满意第一种结局，重新奔跑，得来第二种结局，依旧不满，再跑，终于得来第三种结局。

电影中，结局可以多次改写，直到尽善尽美，因为它有一个逐一到达的过程，改变过程，结局随之而变。但罗拉从未尝试改变事情的起因，譬如她的钱包没有被人抢走，譬如曼尼的钱袋没有丢失。结局看上去似乎有可操控性，但决定因素还是在于起因。

一次梦中，正在发生某件事情，事情自身模糊不清，但梦中的心理活动异常清晰：我预见到事情会有糟糕的结局，于是尝试提前改变。这种想法极其合理，但做起来便觉力不从心，因为事情本身衍生出许多触手，如同密集根须，纠缠难解，牵动其间任何一线，其余部分都会粘连。诸种衡量比较的结果是，梦中出现一张灰白蜘蛛网，黑色蜘蛛盘踞中央，我告诉自己，蜘蛛是事情的起因，结局如同网布在那里，若要改变结局，就先得让蜘蛛改变结网的方式和速度。

这种企图改变不良结局的愿望，最终颓然放弃：任何一种结局都不曾见到，焉知到来的结局便是预知的结局。

起因和结局，看上去，似乎是这样一种事情，起因只是一个点，结局也只是一个点，过程在两点之间，仿佛微观粒子的运动，存在无数轨迹，之间没有多少限度。实际上，结局只有一个，那就是起因。《罗拉快跑》中，三种结局不会同时出现，结局没有任何并列的可能。

世事大都如此，环环相扣，这一点，特德·姜在他的小说《你一生的故事》中，说得已经足够清楚。

零点三六秒

电影《另一个地球》的结尾，女孩罗达在街头看见另一个自己时，显然有些诧异。罗达原本并没奢望看见另一个自己，因为她将去 Earth2 的机会送给了伯勒斯，而自己选择留在 Earth1。故事似乎就此可以结束，试图赎罪的女孩，尽管已不能改变过去，但自己的努力和良善用意，终究没有白费。然而导演并没有将伯勒斯的离开作为结束，而是，以另一个罗达的出现作为结尾。电影中，罗达在看见另一个自己的瞬间惊异后，启唇微笑。

这是一个开放性的结尾，诸多故事可以由此展开，诸多猜想也可以由此生发。但是那些，并不重要，我所担心的，是罗达将如何与另一个自己相处。那个突然出现在罗达对面的另一个罗达，衣着整洁，面容清净，她显然有备而来。断定罗达不会置之不理，一旦她们之间建立某种联系，过程会随之而来。她们将不断见面、交谈，亦有可能将不断一起吃饭、一起行走，甚至会有意想不到的细枝末节，连连发生。那时，她们彼此将如何应对，如何保持距离。她们的每一次见面，是以老友的身份相谈甚欢，还是会以陌生人的手法彼此探寻。她们是拥有共同的记忆，还是彼此独立。她们彼此将是惺惺相惜，还是彼此挑剔，无以止息……

那年住在医院，某个夜半起来，在洗手间蓦然见到镜子里的自己，那一瞬间，感觉自己浑身被冰水浸透，强烈的失重感袭过，骨头作痛，心脏似乎陡然收紧。盯着镜子里的自己，那张早已从镜子里看过无数遍的面孔，那眼神，那一时，明明知道那就是自己，但突然希望那不是自己。是那样迫切地想否认眼前所见，想否认记忆，否认过往，否认存在。那一刻，如果有某种幻术能让自己消失，或者替换，会立刻选择。

很早之前，读某人文章，大意是，他想换一个自己。换掉大脑，换掉血液，换掉所有脏器，换掉记忆，直至换掉皮囊。那时候想，如果如此换掉，换回来的，是否还是自己，如果所有都已换掉，又怎知换回来的是另一个自己。

细细思及，都是如此的不敢面对，不愿承担，不想继续。不管那个自己如何破损，如何缝补修理，如何如一具泥胎那般，经雨水洗涤，经烈焰焚烧而保有全部。始终都不如一只猫，猫追逐自己的尾巴，与自己嬉戏，在有人或者无人的地方，一次次打转，被自己迷醉，并且乐此不疲。也不如公园里一只会开屏的孔雀，在人群将其簇拥时，扭转身体，调整角度，打开尾羽，频频抖动。

邱阳创巴说，真正的勇气是，你不再惧怕本来的你。但难以做到。

其实并非难以做到，而是，没有做好面对自己的准备，尽管时间过去这么久。我们始终被许多个自己迷惑，辨别不清哪一个才是真正的自己。应该没有一座迷宫在我们体内，如果有，那也是我们的建筑。自己建造，然后自己迷失，如同小说中那个容易忘掉自己衣服在哪里的男人。他在晚间睡觉前，用纸笔记下每一件衣服分别放在哪里，早晨起来，他一边读着纸条，一边穿衣服，但当他穿好所有衣服时，他突然惊恐，因为他找到衣服，穿戴好了，但是他找不到自己。

是否会有这种可能，人们花去万年时间，找寻自己，但是徒劳，于是又花费万年时间，去寻找另一个自己，因为另一个自己，才像自己。这之间，第一阶段只是一个准备，无关紧要，跑龙套那样，重要的是，发现另一个自己。但是，千年前，佛陀说，你找不到一个具体的你，你在时刻变化中，此前的你不是你，此时的你不是你，此后的你，亦不是你。

你只在一瞬之间，零点三六秒那么短。在这个时间段里，你可以狂歌，可以呼啸，可以哀戚，也可以如同天空那样，保持蔚蓝，清风拂面。

卡列宁的羊角面包

《不能承受的生命之轻》中，为了减轻特蕾莎的痛苦，外科医生托马斯娶了她，还带一只小母狗回来，给特蕾莎当宠物。起先他们给小母狗起名叫托尔斯泰，因为当初特蕾莎不打招呼径直来布拉格找托马斯时腋下夹一本《安娜·卡列尼娜》。但是托尔斯泰这个名字太男性化，不合适，叫卡列尼娜吧，又觉得让一位女子长一张滑稽的狗嘴，这招太损，于是就叫卡列宁。

米兰·昆德拉说，一般情况下，母狗更依赖男主人，而不是女主人。但卡列宁更愿意与特蕾莎亲近，这似乎帮了托马斯的忙，实际上，托马斯无法让特蕾莎幸福这件事，卡列宁也束手无策。卡列宁讨厌变动，它是一只墨守成规的狗。它希望自己的日子像钟表上的指针那样，有固定的轨迹可寻。

因此，卡列宁的时间表和老习惯从不改变：早晨，它等闹钟铃响后，跳上床踩醒主人，然后带上项圈和皮带，和特蕾莎出去跑步，买东西。特蕾莎买牛奶、面包和黄油，给卡列宁买一块羊角面包。

卡列宁总是骄傲地叼着羊角面包回家。这是它多年不变的食物，它满足于这美味，从不曾为饮食的单调乏味烦恼。自然，卡列宁每一次吞吃羊角面包前，总要和托马斯嬉戏一番，它叼着羊角面包，潜伏在卧室门口，这时，托马斯会蹲下身来，跟它抢面包，他们要在屋里快乐地追逐五分钟，托马斯从来没赢过。

某次在北京，我去买面包，柜台上刚好有新出炉的羊角面包。烤得有点焦，但层次分明，看上去刷了很多油。我一般买全麦面包，如果蛋液、糖分、油太多，或者加了红豆、葡萄、核桃仁之类，都不选择。那天看到羊角面包，不知怎么就想到卡列宁，便买一个用纸包回来。晚饭吃得早，而且少，读书、码字、上网诸般浏览后已是深夜，肚子饿，便抓起羊角面包吃，晚间不敢喝茶，就一杯白开水。羊角面包太小，掉一地碎渣外，五六口吞完。也许肚子太饿，吃完跟没吃一样，徒增一些惘然。

那一时，窗外北四环的车声呼啸而过，没有间隙，更没有停顿。声音从开着的纱窗进来，撞入四壁的白里，嗡嗡出回声。如此持续，没有变化的市声，将人淹没，然后沉坠，再无上浮的可能，并且令人厌倦。但是我知道，这一座城里，无以计数的，每一个听见这声音的人，必得慢慢听，并且日复一日，年复一年。这需要一种旷日持久的忍耐，如果人人皆已有所警觉和修炼，这样的外景自然不足以滋生烦恼，然而这样的假设过于乐观。更多的人，已深深陷落，如同粘连在蛛网上的飞虫，挣扎，而不自知。这让我对日日一块羊角面包果腹的卡列宁，生起一股怜悯和同情。

但这怜悯和同情也只是我的一厢情愿，我明白卡列宁并没有因为羊角面包的单调而心生厌倦，如同鸟儿并没有因为小虫和籽粒的单调而厌倦，如同牧场上的羊没有因为青草的单调而厌倦。想一想，不曾厌倦的事，比比皆是。风在风中，雨在雨里，熊舔着蜂蜜，蜻蜓点着水……在这里，或者那里，单调并没有成为一种弊病，没有落伍。

向内追寻和向外索求，这通常会成为一种矛盾，或者失去平衡。自然创造生灵，有其精妙的一面，也有疏忽的时候。而这种疏忽，有时看上去，又觉得是自然的有意为之：让人行于倾斜的路途，这是一种考验，是一种磨炼。

然而人们未必体谅这种用心良苦。曾经去听一个禅修的讲座，说到有关升级问题。讲座者说，人们一直在将一些外部设备升级，电脑、电话，推而广之，一切服务于人类的事物，都被人类不断研究，不断升级，不断推陈出新，唯独人类自己，无法将自己升级，失去平衡的结果是，人类匍匐于高高在上的物质面前，显得卑微，时常绝望。

我明白这是一个难题，如果试图解决，也许只能希求于个体的努力，因为群体只习惯于浪潮汹涌。

独　想

“在它的诉说中，你看到炊烟散去，大地一片寂静，如同亘古。寂静的，不仅是此刻的大地，还有你，以及凝固在时间深处的你的记忆。

夜从远处飞来，张着褪尽光华的翅膀。它的羽翼轻抚处，一切事物失去踪迹，仿佛并未存在。你察觉有什么正在退去，又有什么正在到来，如同暗潮。但你看不到，你看不到开始，也看不到结束。

你也在退去，你并不认为你是天上那最后一星微亮，你也不认为你将是天边那最早的一抹灰白。

不复存在。

但是，你知道你在另一个地方，在那里，在一切的具象之中，你存在，你是光，是色彩，是温热，是质感，是搏动，是弥漫的气息，是回旋又回旋的那一缕歌声。你沉坠却又仿佛上升，你凝聚却又仿佛缥缈。时间穿透你体内的每一个细胞，又挟带它们，在迷蒙的水雾中四散开来。你如同一条河流，在那里，流动、迂回，没有穷尽，也无法坐看云起。

你也知道，你和那曲子可以相互置换。你们不过是被迥异的形象迷蒙，外表之下，你们有着相同的记忆。记忆是你们的母体，她不断衍生出的事物，如同果实那样沉坠，熟悉的芬芳使你们彼此靠近。你甚至忘记那灰白或者蒙着黯淡色泽的过去，你们有共同的过去，共同的负载，共同的仰望和唏嘘。

幽深，邈远，终极，仿佛夜，又仿佛过去。

然而，最终你又会明白，你是曲子和夜的复合体，是晃过眼际的无数片段的复合体。它们真实，如你一样。它们寂静存在，在高寒处，在旷野里，在持续的风和潺湲的时间中。你起步，它们也是。你以为你在独舞，其实是它们在汹涌澎湃。”

关于一支名叫《独想》的曲子，来自姬神。

时间并没有过去多久，不易察觉地，我已不愿再听《独想》或者《莲花》那些曲子。这之间发生了什么变化，没有。只是觉察到，多年来，我不过是一棵根部可以挪动的树，在相似的路途上，发一茬芽，绽放几枝叶子，结几枚果，然后叶子凋零，果实坠落。如此，再挪几步，在下一段路上，同样循环。有时候，我连果实都看不到，不过是到了某个时节，机械地挪动罢了。如果细究这其间的不同，或许只有心境。而心境，也就是几枚果子那样，掉一些，再结一些，结出来的，早不是原先的那几枚。

对音乐喜好的变化，同样如此。从一种音乐到另一种音乐，从一种形式到另一种形式，都是自然而然，水到渠成。碰到一曲，或者遗漏一首，全是偶然。但不论在哪一种形式的音乐中，我总能找到自己。是，我很少在一幅画或者一部文学作品中看到自己，哪怕微乎其微的一点。但总有一些音符，它跳动着一个说不清道不明的我自己。也许因为音乐便是时间，而时间，已经将一切存在挟裹：你的年少迷惘，希冀幻灭，以及某一天的风烟俱净，也许因为音乐连接着永恒，而永恒，无非是过去和现在的断断续续。

我也早已将一个过去丢弃。而留下的一部分过去，慢慢转移成现在。有时，我也会回忆起早先曾经反复聆听的那些曲子，然而当初的思绪已经陌生。转换和消失如此容易，瞬息之间，开始的沉重早已弥漫为结束时的缕缕青烟。想一想，我原不必为当初沉迷于那一种情绪而惭愧，一段路途上，如果连此消彼长都没有，该是怎样的单调漫长。

这让我想起一些曾经的念头。那个黄昏，我坐在秋草纷披的山岗，眺望另外一些山头时，想着如果就此永远坐下去，不知会怎样。实际上，我并没有坐下去的勇气。太阳一落，天光渐次暗淡，山头的风开始冷硬，虽然没有声音，我依然能感受到它吹过衣角的劲道，脚下，夹杂柴胡和白色防风花的茅草，正在摇出丛丛阴影，蚂蚱划过一条褐色曲线，指甲盖大小的蓝色蝴蝶，敛翅在一些窄叶千里光上。我是害怕阴影的人，绝不愿在阴影中度过夜晚。

后来我觉察到这个念头的荒诞，不切实际。起初，我将它的冒出归结为青春迷惘，然而它并没有就此消失。多年过去，它依旧像一个带着凉意的黑色弹丸，偶尔蹦跳一下，或者，滚到角落，碰触肌肤。

我不该着急的，有一天，这个念头自然会荡然无存。我也不必为另一个接之而来的念头惧怕和担忧。它们总会过去，只是，在成为过去的路上，它们正当时候。

迷恋一种音乐，同样如此，自不必为迷恋本身而惭愧。

广陵散

十年前听《广陵散》，与十年后听《广陵散》，感受早已不同。

十年前，影响深刻的是那个秋日清晨，坐在医院略微冰凉的椅子上，一边等候，一边用耳机听《广陵散》。因为闭着眼睛，没有光线干扰，曲子在耳际如野草疯长。那个每次都等待的乐句如期而至，它浸泡在黑暗中，携带黑暗一起到来。一个乐句竟然可以承载起那样多的黑暗，如同夜晚没有星光的天空和大海，可以那样弥漫，那样没有缝隙，又那样涌动，前赴后继，如黑暗的千军万马，齐头并进。然而那黑暗的排山倒海之中，又有微茫的低吟不绝如缕，仿佛来自长风万里的高楼，或者山高水阔的天涯路。乐句里若有坚硬，可以回击以坚硬，乐句里若有柔弱，需以柔弱博弈，但当坚硬与柔弱联结，融合，则如雪花舞于疾风之刃，如万壑千山袅娜升腾……那个被它折磨的人，那个眺望黑暗如眺望未来的人，那个忍无可忍又百般忍耐的人，只得站起来，走到深渊上，走到深渊之上的高台上，伸展双臂，纵身一跃。

一切贬义的词都不在里面，赞美和歌颂也不在其间。只是单一而纯净，如九月某个没有星月的夜晚，如绒布，如融化的黑巧克力缓慢流淌。

那个早晨，也许是医院走廊里人们的气息过于驳杂，庞大的记忆成为丛林，杂乱如同荆棘，大爱大恨编织成网，一首曲子掉进去，紧捞慢捞，已被尘世浸透。

回去的路上，当我试图再次聆听，依旧如此。不掺杂怨恨，不动荡，还是那般纯净丝滑的黑暗，那样的孤绝和悲壮，那样将人步步紧逼，如山压顶。我觉得问题或许在我，而不是一首只有二十几分钟的曲子，于是选择放下，像放下一个炙手的山芋，和一个无能为力的梦。

那时也曾选择其他版本来听，很遗憾，始终无法接受那些版本中焊花和电光石火的四溅。那些演奏者的用意分明清晰，激越跌宕也已足够。然而愈加要人明白的，愈惹人不快。唯有管平湖的古朴与苍劲，如石击浪，泛起的千层涟漪，全部扑溅到心上。

十年倏忽，再去聆听，还是同一版本。那些逼迫人的黑暗却意外地淡下来，稀释了一般，光透进来，还有斜风细雨。终于可以舒口气。黑暗一旦有微光露出，那光便格外醒目，它根根分明，向外散射。曲子里自然也有了寂然，那是如展开的一幅《虎丘送客图》：古松依天，隐士抚琴高台，风起，人远去，唯有指尖琴声，流水迢迢，云外青山嵯峨。毫无疑问，时间已将一部分幽暗冲刷而去，像刷掉两岸的泥土、大石和黑色灌丛，只留下波光粼粼。时间是一位担当者，承担起万物变化，荣辱兴衰。时间也是一个替罪羊。

想来每一首曲子都有其颜色，作曲家同时也是画家。《蓝色多瑙河》泛起的是迷人的蔚蓝水波，莫扎特的《安魂曲》闪烁天堂的银色光芒，德彪西的《牧神午后前奏曲》暖洋洋的、迷蒙慵懒的午后金光，肖斯塔科维奇的小提琴协奏曲则透出红辣椒的油光，贝多芬的晚期四重奏135号里，是冬日的白雪纷纷扬扬，《广陵散》则发着“纷披灿烂，矛戈纵横”的青铜之光。

然而有时候我连矛戈纵横都听不出多少，这让人诧异。好些时候，继续听，不过是听一点枯瘦的山水意境，以此作为与脂膏现实的暂离；有时候，听一点悲凉和激昂，乃至痛快，做一次精神远游。暂离名副其实，几分钟或者十几分钟，悠然而去，倏忽而回，山水依旧迢遥，现实依旧逼仄。远游则断断续续，柳絮，或者离线的风筝那般，御风而行，飘到哪里，便将一颗高古之心跌碎在哪里。那个名叫聂政的人，那个为复仇而漆面，而吞炭，而以石击齿，而自杀的人，那么多的仇恨，那么多的鲜血淋淋，我并未听得清楚。

或许是一个牵强附会的故事呢，又或许是一个寓言，我想。寓言总归有善意，再冷酷的寓言也有温热，故事却不一样。

当年嵇康那样喜欢它，却不肯传授于袁孝尼，有些不可思议。我喜欢它，恨不得所有人喜欢，附带着，也对嵇康充满情谊。一个已经消逝在历史深处的人，一个有名姓、有记载、有传说的人，总会让人无限想象。这想象，有敬意，有追思，有怀念，唯独没有遗憾和惋惜。他们在他们的时代，已经努力过，奋斗过，然而时间将他们安排到队列之前。人在江湖，身不由己，世间最大的江湖其实是时间。隔开千年，借由一首曲子，对嵇康有更多的理解，不容易。然而也仅仅是一种理解，我绝不会将自己与嵇康做哪怕一丁点的相比。我是一个会在阴影中成为阴影的人，也是一个会在光风霁月中清明的人。嵇康不一样，他自始至终就是那缕穿过黑暗向外散射的光。

但我对自己并未失去全部信心。如果聆听，我还是能察觉到那缕光也在射穿我，我因此依旧能听见一颗尚且年轻的心，一颗光明的心。

之三

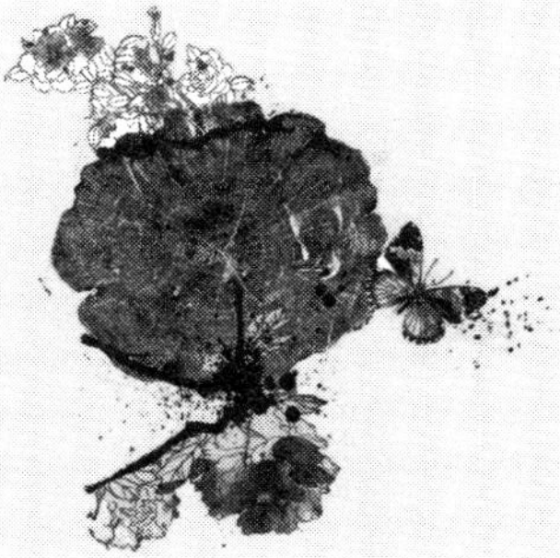

与《惶然录》有关

一

“如果我们的生命只是久久地站在窗前，如果我们仅仅只能待在那里，像一个不动的烟圈，凝固在黄昏的那一刻。”当我站在窗前，想起这一句，这正是黄昏，远山在楼层外的天际连绵，未曾消融的雪还在斑斑点点，也许青杨正在那里抽出紫红长穗，连翘已经裹上明艳，也许旱獭早已走出洞穴，月熊正将肥大的爪印留在河岸。但我想不到更多细碎。风吹过来，一句话在某个地方徘徊，像一个瘦长又憔悴的身影，像长耳鸮在夜晚的悲叹。我想不起自己，也想不起别人和遥远的过去。一句话似乎就涵盖所有：时间、程式、结构、幻象和祝愿。又似乎只是这样一个，重复又重复了的，千万个黄昏里的一个。我似乎也不是我，是一句话中的那个。

二

然而，我又怎能是具体的那一个。那个在晚饭后，默然转身，穿过里斯本的大街，回到租来的房间，将长夜交付给写作的人。我是琐碎，是荒原，是鼓起又陷落的一念。我也许又是一枚萎败的花，一路昏黄的灯盏。我失去形体，又似乎什么都具备。我守着长夜，不一定伏案，我也不一定将长夜交予睡眠。也许有些夜晚，光线幽暗，绿萝在屋角垂下梦幻，一支爱尔兰风笛正在响起。我扭身，在四壁的粉墙上，看见自己，巫，或者静女。我同时感觉到，一些气息的穿行与共存，它们那般相似，以至于使这普通的夜晚，也过于相似。

三

这样，我看到那个名叫伯纳多·索阿雷斯的人，在自己的迷宫中行进。这不是荆棘丛生、暗影重重的迷宫，也不是时而烟雨迷蒙、时而月光平铺的迷宫。也许在一些时候，会有小女孩的琴声隐约传来，但那声音是那般微弱。一个人在这样的迷宫中走路，带着自己的身影。时间一长，他的影子开始从他身上逃离。带走他的记忆、想象、感觉和个性，甚至面容。影子在一旁，逐渐成长，最终成为一个健壮的陌生人。这之后他们相遇，在迷宫中。他从生疏的影子身上穿过，仿佛穿过丛林。他在这一片丛林中，看到熟悉景象：每一棵树木都是自己亲手栽植，每一条小路都是自己刚刚踏出。

四

就是这样，索阿雷斯总是在自己中将自己走失，然后遇到，同时遇到更多的人。而那些人,仿佛都是他自己。作为符号的V先生，年轻理发师，面色苍白的香烟贩子，同事M，街头歌手，烟草店的帮手，清洁工，厨师……他们重复出现，交替叠加。他们来去孑然，却将寻常日子堆积成山。他们并不就此停顿，他们似乎总在寻找意义。他们给山丘植上草木，引来流水，使之葳蕤丰茂。这便使任何细节的发生,都富有时间流变的意义。他们仿佛都是索阿雷斯自己，然而索阿雷斯绝不是他们。他因为不是任何人，由此具备了成为任何人的可能。

五

是，生活就是成为另一个，像一只蛹变化为蝶。在道拉多雷斯大街一座四楼的斗室里，索阿雷斯仿佛一个孩子，始终在建立他遥想无限的国度。繁星自然在点点闪耀，月光仿佛空明的白昼铺满房间。偶尔有雨，也有楼道深处的脚步。一些时候，梦境纷纷，他成为一缕清风，又成为航海者，穿越不同的事情，幻化的记忆，甚至到达不可能的存在之中。而另一些时候，他倾听火柴盒落入楼下的清晰回声，四点钟缓缓敲响的钟，楼上的琴声，以及内心的交响。这些花瓣剥落一样的声音，总是让他沉醉。然后在沉醉中，他又看到早晨的霞光。这是全新的霞光，绝不同于昨日，也不同于昨日的自己。

六

当我停止翻动书页，索阿雷斯，这个苍白清瘦、大个子的会计，这个面容上找不到磨难的痕迹，但却具有一切艰难悲痛，或者历经沧海后淡然处世的会计。我怎能承认他就是他自己。除去名字，或者就在我念叨着索阿雷斯这个名字的时候，我眼前依然是一个名叫费尔南多·佩索阿的人。他有着和索阿雷斯一样消瘦的面容，一样的神情。我甚至相信索阿雷斯账本里记录的所有细节，以及他为房子付出的费用，都来自佩索阿这个人。书本中的索阿雷斯，他怎么能是一张面具，或者一个虚构的异名；他又怎能只是一种思维的布局，或者主观的戏剧。他的黯淡或愉悦，回忆或想象，只依靠一个具体的思考者而存在：那个在黄昏伫立窗前的，将长夜交付写作的，失眠的，遥想和思索的，佩索阿自己。

七

一些人因此将佩索阿当成梦想家和癔病患者。认为他在不同的梦境中创造不同的自己，并且让一个刚刚成型的梦，迅速被另一个梦代替。他似乎就是一个个雨后的泡沫。瞬息创造，瞬息毁灭。甚至他纯真的悲哀，也只是他偶尔用手画下的粗线条，轻轻一擦，就可以抹掉。对此，他不在乎。他在一切事物的深处给自己构建舞台，并在那里成为他愿意成为的人。他在那里微笑，为一次小小的离别而伤怀。他也不求理解。他知道时间中有两种人存在：有些人把他们不能实现的生活，变成一个伟大的梦；另一些人完全没有梦，连梦一下也做不到。

八

另一些人做不到的事情，还有很多。譬如他们只习惯于依靠感觉去思考，但在佩索阿那里，却是通过思考来感觉。树木的暗影，店铺门口的招牌，松木桌椅，咖啡杯，一张没有字迹的白纸，清晨雨滴，朦胧雾气。它们的线条、斑纹、色彩、质地，以及它们的气息、温度、停止与挪动，似乎并不是它们自己所有。它们借助一个人的感觉而存在。甚至爱情、秋天、孩子的智慧。看啊，这样一来，这个随太阳变得明亮，随夜晚回到幽暗的世界，它怎能仅仅是黑白二色的简单分割，怎能是枯燥的反复与嬗递，怎能是质地的坚硬与柔软。它是欣欣然的开始，是愉悦的持久，它也是忧伤与疼痛相连的结束。

“我不知自然为何物：我歌颂她。”另一个异名诗人卡埃罗说。

九

感受，而后冥想。哪怕最简短的一瞥，也要比一次旅行还要有强烈之感，即便沉睡。我因此想象，一直坐在办公室里为外贸公司翻译商业信件，几十年未曾离开里斯本的佩索阿，他几乎就是一整片的旷野。你能想象出来的花草树木，雷霆风暴，以及你想象不出的奇异变幻，芬芳流动，都在那片旷野上存在、交错。他甚至想为它们创建一门学科，以求未来有感觉的历史学家，有能力，用他们对待科学的严谨态度，对待他们自己的心灵。是，这门学科足够迷人，仿佛绣有繁花的织锦。但它又足够简单：它研究的切入口，只需要一些记忆，它撰写的报告，只需说明，一个名叫佩索阿的职员，他面前原本是一片阵雨过后的天空，可他为何偏偏能同时看见一片野鸭成群、芦苇遍地的河岸。

十

佩索阿的身上，的确有矛盾存在。但这些矛盾，并不冲突，它们和谐共处，像贝多芬的晚期四重奏。有人曾经胡乱猜测，说贝多芬的晚期，充满了妥协。似乎贝多芬就该是一朵紧绷着苞片的花，只能激越的怒放，不该萎谢。如果一朵花不知道在适当的时候将花瓣凋落，它何尝不是一朵假花。佩索阿的矛盾，是贝多芬晚期那些慢乐章里的停顿，它之后将是一串超强音符的奏响。这又是常人的矛盾，是你我对时间最为真实的感受。如果没有这样的矛盾，我甚至会产生质疑，对他的一些片段，一句话，一种瞬息而过的想法，一种情感。

十一

看上去，佩索阿的所有矛盾，似乎来自他的敏感。但在敏感背后，又藏着他对一切存在所持有的悲悯。一只停驻于墨水瓶上的苍蝇，它布满细毛的黑色形体，它令人讨厌的嗡嗡吵闹，它没有自知之明的反复纠缠，都是那样引起我们的反感，以至于要我们停止案头工作，驱赶它，或者将它拍扁。但是佩索阿却看到苍蝇的灵魂。他甚至看到苍蝇的躯壳内，就是自己的灵魂。他担心这一只苍蝇遭遇权杖的毒打，因为他看到，停驻在墨水瓶上的，是一个生命，生命没有丑陋。

所有的生命，都是一个孩子。

他说，上帝造就一个孩子，又拿走他的玩具，留下他，在游戏的时间里独自将围裙抓破。

十二

时间，被佩索阿定义为游戏的时间，又被他拟人化的时间，它在佩索阿的身旁，不断幻化出左冲右突的触角，它试图钻透佩索阿编织起来的网，游离出去。佩索阿似乎就是一个倔强的渔夫，时间，是滑溜溜的鱼。鱼总有缝隙可逃，佩索阿不得不化身无数。时间不仅有逃脱的路径，还有多重事物做掩映。一块鹅卵石在滚动，一支水草在摇曳，一些上游的泥沙卷着枯叶流下，时间都能潜藏其间。时间还能高唱，像风掠过水面，像雨珠敲打岸花。时间总是这般拥有戏法，让佩索阿感到思想的迷幻。但这注定是一场早已有着结局的追逐，我们习惯接受教训，及早结束进程，佩索阿却走着荆棘丛生的弯路。

十三

我也越来越不清楚，时间到底是一种什么。时间怎样存在，依赖何物。如果它存在，又怎样运行。如果它运行，又怎样判定始终。有时候，我和所有人一样，感觉到时间的流逝，它像一件具有外壳的爬行动物，在我们身边丝丝游动。有时候，我又觉得时间并不存在，存在的，只是物事的外形，我们的感触和自我测定。甚至在有些时候，譬如在落雨的夜晚，或者在流云布满天空的黄昏，我发觉时间只是一个个小方块。它包裹着我和我能见到的一切事物，成为一个整体。它不向前，也不导向后面，它只在原地震动，促使我们不得不无休止的活动，促使栀子花完成它开放又萎败的事情。

如果是这样，一棵树经历了的，是什么。一本书，留下来的，又是什么。

但是，物理学家说，时间是有开始的，也要结束，仿佛一个人那样。

十四

我从佩索阿那里寻找答案，大多数时候，结果往往是注定的虚无。时间留下背影，记忆破碎，故事烟尘一般消散，写出的诗句丢入垃圾桶。便是思考，也总被打断。过去与未来，似乎就是仰头便能看到的天空，流云过去，那里依旧空空。尽管如此，这一切还是使人迷醉。一支薄荷香烟，粉墙上的一缕余晖，死者曾经的气息，紧闭的大门，一次不经意的受伤。它们都是一片幽深森林。朽叶沙沙作响，水流通过根茎，虫子睡觉，风将枝杈吹折，白色的花在树干上绽放。一直向深处探看，但一直看不清楚，也没有穷尽。

虚无使他觉察到自己的卑微。

是碎片，是粉末，是梦幻，是水面上漂浮的枯叶，是花瓣下的一粒红蜘蛛。他这样承认卑微，需要怎样的精神和勇气。

因为卑微，他思考，并且敬重所有。

时光的N种方式

一

看一次塔可夫斯基的电影，就好似回了一次家乡，仿佛坐在那棵熟悉的野樱桃树枝上，透过明暗斑驳的层层叶子和淡粉莹白的细小花朵，凝望山下那座曾经居住的房屋。当然，那房屋绝不是奢华宫殿，也不是中古后期的城堡，它只是一座保留着明显藏式风格的普通民居。大板夯筑的高大院墙，依墙而建的平顶房，院子里石头砌就的小花园，墙外环绕大株青杨。房屋我总是熟悉：低矮的柱网式结构，云杉木的柱子和大梁，劈开的青杨木条、树枝，以及麦草，分别作为铺垫，抹上黏土，干燥后反复用磙子压实。这样的屋顶，在每一个雨季来临前，要不厌其烦地用磙子来回碾压，以使土层紧实，防止渗水。磙子碾过屋顶的吱呀之声，会持续整个午后。这些房子，时间一久，屋顶便会长起几茎葱绿青稞，抽穗，散开麦芒，或者绽放出一丛淡蓝或者深紫的翠菊，也有细瘦燕麦，在晨风与暮色中摇曳。

房屋坐落于开满防风花和窄叶千里光的山谷，山下林畔，或者绿草深处。至于屋内，门帘挑处，光线幽深，人影来去，总是寂然无声。

我在那里度过的时间其实很短，然而我习惯用很长的时间将它回忆。我总是梦见那些长着青稞的房屋，那些草木扶疏，以及重峦叠嶂。在梦里，我不知这只是梦中之物，一晌贪欢。醒来时，我以为我不过是换了个做梦的地方，只要片刻回转，风物昔年。

每每从电影中返身而回，在四壁的粉白中，是短暂的无所适存。是否可以这样理解，塔可夫斯基电影中那些富有质感的细节，简陋之物，梦幻交替，时间的缓慢移动，记忆与温度，它无处不在自然声息，追溯，以及对过去和未来的重塑，都是家园式的，存在于我们曾经身处的宁静后方。

二

也许如此。里尔克在他的散文《后方》中说："在那里，人并不突显出来，人并不寂寞。那儿总有一些桃树或者苹果树，在它们旁边，人显得既不重要又很合群。"在自己的家乡，谁会将自己凌驾于万物之上，即使他们在那里度过的时间少之又少。他们总会低下身子来，与最细小的，哪怕是一寸微光，一缕似有似无的晚风合起来，他们几乎就是一株会微笑的树木。他们可以葱茏，也可以凋零，他们甚至可以有短暂的停顿，但他们始终与季节和天空融为一体。在那里，他们的沉默多于说笑。即便如此，他们依然身心安宁，感觉踏实。

要知道，没有多少地方会让你感到厚实安稳。

三

他总是从你的回望出发，推开你家园的那一面斑驳门扇。他的动作轻而又轻，仿佛风在水上，或者，风在翅膀上。他不吹魔笛，但是你迷恋。你们走上青草细软的小径，那草尖上的露水或者会湿了你的裤脚，冰凉透进脚踝，这不会阻止你跨过河流。如果是夏天，河流水势不大，然而河面宽阔，你们只得沿河行进，那几乎总是逆流而上，静谧河水泛着青色波光。也许在河流的某个转折处，你们走进树林。那是一片桦树林，白桦、红桦，或者黑桦，都在那里生长，蘑菇、朽叶和黑色的小虫子铺在地面，那些红桦树皮大片大片脱落，而黑桦时常木质纠结。或者是一片杉树林。鸟儿在间关啁啾，太阳光偶尔从树梢漏下，那是一束金色的迷蒙。然后，然后他在某个地方休憩，依着青色岩石，而你继续上路。朝着远处山岗，或者回头，回到祖屋。

这样的行走几乎没有任何意义，然而你记得其间的每一个细节。你也知道，他只是引你出发，而后暂别。他不会参与你历程的全部。他将始终与你平等，他让你回到你自己的生命体验，并从那里得到完善。

四

也有一些时候，你们从梦境出发。那些时刻总是那么安静，即便有声息发出，那也是一颗水珠掉进另一颗水珠里，是遁去身影的布谷鸟在丛林深处鸣啭，是马低下头咀嚼岸边青草，是男孩朗读诗歌或者踩踏积雪，是门窗开合处，火车驶过轨道，是母亲伸出手抚摸自己光滑的脸颊……这是来自自然的声息，哪怕是那一只盛满牛奶的瓶子，被女孩的意识推动，滑下桌子碎掉，或者男孩铸成的那口铜钟被敲响。那些声音没有附属的性质，不突兀。那几乎是白云流过天际的声音，你不必侧耳细听，但是你明白。

你明白时间不会以线性的方式行走，它也不受日常逻辑的控制。它们在一个片段与另一个片段之间跌宕跳跃，或者拉着圆圈舞蹈。你的梦境、幻想、记忆、而今的现实，它们总是交替闪现。你不能判定谁是谁非，因为它们原本是你自己。

五

这般时光。

柴可夫斯基曾将他的《A 小调钢琴三重奏》题为“纪念一位伟大的艺术家”，那是为怀念鲁宾斯坦而做。有人说，这首曲子悲歌性质的第一乐章，那大小提琴的陈述中，无尽的哀伤挥之不去，思念无法解脱，这正符合塔可夫斯基电影的回归情节。更有人认为，作为变奏部分的第二乐章，那里面的十一个变奏和终曲，鲁宾斯坦喜欢的俄罗斯民谣，音乐钟，对巴赫曲风的模仿，更贴近塔可夫斯基。我斜在夜晚的沙发上，听基辛、贝尔和麦斯基的《A 小调钢琴三重奏》，窗外的路灯透进一些昏黄的光晕来，罩着水瓶中的一丛富贵竹，枝叶的疏影正在那里掩映。何必生搬硬套呢，我忽然想，明确的意义又有何用。一个镜头移动着，一段废弃的铁路在荒草中延伸，一匹马躺下来，四蹄伸开仿佛一朵黑色的花，草地上坐着的年轻母亲，她看见老去的自己牵着年幼的自己。摇移过去，一束光穿透林梢，光斑溅在草地上，男孩子穿着薄衬衫，在光束中旋转，他的笑声传出，小云雀忽起忽落。然而没有结束：母亲微笑，男孩子俯身水桶，再起身，水面上縠纹未平，他不知道那是哪一面大海的云淡风轻。如此串联又交替，失掉秩序，仿佛一树扁刺蔷薇被风吹雨打去，花瓣零落，时间却依旧。

时光是一场瓢泼雨，抑或玲珑水珠，它泼洒，抑或浸润，何必定要风生水起。幻想曲怎样，波尔卡又怎样。复调，变奏，偶尔的装饰音，何必刻意。他的情结那般宁静温婉，镀着光晕，那几乎是时光中最柔和的慢板，涵盖所有。

六

又是谁说过，贝拉·塔尔的电影中有着塔可夫斯基的影子。如果这仅仅指缓慢摇移的长镜头，黑白色调，对画面近似洁癖的要求，或许如此。然而贝拉·塔尔每一个标志性的细节里，充塞着无止境的绝望，如同《都灵之马》中，那土豆上偶尔闪烁的微光，洗衣盆中袅娜而出的热气，便是那一句：“我听不到蛀虫的声音，它们不再蛀木头了。”在那里，总是背影，沉默，狂风呼啸，漫长的时间，遥移，破碎压抑，这一切都需要耐心。如果观众没有亲身体验，不曾知晓那细枝末节里的光影斑驳，那幽闭、狭小和酸楚。如果那舒缓慢移的长镜头，不曾让人回忆，不曾让人在回忆中进行捕捉和比较，他便只会让观众时刻想起那一句“死亡瞬间，我们不会再纠结所作所为是否有意义，我们、已老去的灵魂、这个世界都不复存在。”贝拉·塔尔的电影并不适合任何人去观看，他只需要一部分观众。

但是塔可夫斯基不一样。他的电影中总有个祥和的隐形人，他展开手臂和怀抱，他迎接，他召唤，他以希望和信念，爱，以及美。一如他电影中的那些人，他们总有着彻底的绝望，但同时，又怀着离奇的希望：在贝多芬的第九交响曲中自焚的多米尼克，烧掉自己房子的亚历山大，沉默寡言的潜行者，举着蜡烛，一次又一次走过水塘的戈尔恰科夫。这些近乎成为圣愚的人，一再对你说：救赎总会实现。

是，救赎总会实现，因为愿望洁净，充满良知和信仰。

七

我因此相信，时光于我们总有意义。譬如有这样一刻，你曾经长久记得，你便是决心要将自己的过去弃绝掉，像丢一堆无用的垃圾那样，然而你还是再三挑拣，留下那么一刻：原野的风过处，浓密修长的树枝摆动，仿佛一千只鸟哗然飞起；树林里横斜的一段朽木，它旁边流光的草地上开满粉色小花，然而朽木依旧像核桃一样碎掉；油菜花铺满原野，你走过，耳边是蜜蜂和阳光发出的热烈轰响;花枝蔓生的院子里，你推开低矮栅栏，看见母亲俯身的背影……那几乎是我们曾经共处的时光，尽管你我相隔遥远以至天涯。我甚至认为，我所不愿丢弃的每一瞬间，便也是你的每一瞬间，我所执着的，便也是你的执着。尽管那一时，我觉察到松影清风，一江流红，而你，觉察到的，只不过是阒然无际。

时光总有意义，即便你固执地认为它在慢慢流逝，以至于你的过去，全被它荒废。但时光自己，并没有因为你的否定，沦落成一片废墟。塔可夫斯基无法告诉你时光的所有秘密，但你至少应该明白，他或许会说：微如芥子，也成世界。

八

几年前，我房子对面，是一所破败院落。红砖砌就的低矮围墙里，几间红砖瓦房，老旧的房子，屋顶长满野草和苔藓，有几处已经坍塌，瓦片零落。屋后几株青杨，灰白树皮早已龟裂，树枝撑开来，在夏季，蓝天下的凉棚一样。这已经是高大的树木了，要知道，高原寒凉，树总是长得慢。

坐在阳台上，很多时候，我会看到那些屋顶的野草在摆动，便是无风的静谧中。逢着雨，瓦片和苔藓上水色如镜。那时总有一只狸猫从墙头走过。我偶尔隔着玻璃唤它，它偶尔回头，看一眼，又淡定从容的继续朝前。也有一两只来屋顶闲逛的猫，它们将爪子极小心地安放到瓦片上，或者蹲在苔藓旁。平时鼓噪在青杨树梢的，是几只喜鹊，也有红尾鸲和一对红肚皮的啄木鸟。一年端午，飞来一只布谷鸟，藏在树中幽幽地叫。要知道，布谷鸟是不会轻易让人看见的鸟，然而我还是看见它灰色的身影，穿过墨绿青杨仿佛正在离场。

那时候的夜晚，窗外总有声音响起，风过树叶，雨滴敲打屋檐，一只雕鸮凄厉啼叫，或者遥远又清晰的犬吠，屋顶的猫偶尔聚众打架。

而现在，家的前后全是楼层，玻璃窗时常闪烁亮光的碎片，在夜晚，模糊的人影在帘子后。有时候，你以为你会对着窗子发呆，然而你耳朵里灌注的，不过是汽车摁响的喇叭。

现在的电影艺术，几乎成为一种模式，商业气息取代质朴，或者故弄玄虚。并且它们从不温和，它们逼迫，强加，绑架。然而你不得不心甘情愿。如同你不得不离开曾经的院落，离开树木和鸟鸣，离开野草葳蕤。你必得搬到玻璃窗和霓虹灯炫目的地方，这个地方一边仿佛春天正在繁荣，一边又仿佛深秋早已荒芜。一些时间和记忆也在逐渐消失，包括缓慢和温度。任何事情的发生都让人如入异域，却又一蹴而就，没有过程。在这之中，你必将成为环境的一部分，那不是一枝迎风轻舞的紫丁香，或电光，而只是，一团模糊不定的阴影。在这里，你在，然而你已失去。

九

塔可夫斯基的电影几乎就是我窗外那些风景中的一道了，一些时候，我这样惋惜。什么时候开始，我已老去，需要找一些温暖的回忆，而不是一味新奇。新奇见得多了，便看出其中的套路。套路过于熟悉，一招一式的新意早已荡然无存，不过又是些陈旧的琐碎。新奇中也许有陌生，然而陌生中又带着疏离。疏离，这青春期的时尚，我已玩过。然而回忆不一样。回忆是一把长命锁，总在你的颈项间碰出声响，尽管你看不见。回忆也总会生发，会滋长，如同春天那一方黑色土壤。即便你点下的是一粒豆渣，春天一到，照样长草流光。

十

我也想在时光中找到自己，不管这时光停驻在哪个阶段，或者哪个层面，我一直想看看不用复制和粘贴的我的本体。有时我会看见无数个我，梳着不同发型，风中落叶一样流窜。我伸出手，抓住其间一个，我看到她背负与念叨的，与现在的我那般千差万别。然而我不能说，那是一个盗版的我。我肯定在那里，也肯定在这里。有时候，我盯着镜子中的自己，想，原来时光是这个样子。而在另一些时候，譬如在塔可夫斯基的电影中，我看到一枚叶子落下来，一扇门打开，一支蜡烛在风中熄灭，一把火将一个孩童惊醒，我便想，时光原来是这种模样。

时光以最宽泛的概念，和最具体的方式存在，总是独一无二。这最简单的事情，我们明白，却又时常迷惑其内。

几度木兰舟上望

勃拉姆斯的《B 小调单簧管五重奏》第二乐章中，单簧管与小提琴交织出的那个主题，与古琴曲《广陵散》给予人的感受相似，又有不同。《广陵散》引诱人慢慢往黑暗涌动的高台上行进，直到暗色逼迫，高台上的人忍无可忍，于是纵身一跃，一了百了。当然，龚一演奏的《广陵散》和管平湖演奏的《广陵散》又有不同。龚一的《广陵散》没有矛戈相向的杀伐气，如果闭着眼睛听，随琴声而来的黑暗如同远山上的浓云。那些黑暗没有方向，没有缝隙，黏稠到成为糊状，却又静寂到耳鸣的声音都不存在。其中我最喜爱的那个乐句，总如雨打秋叶，风过竹丛，哀怨凄清中，亦有一种逼迫，每一次听，我都能感觉到它在催我举起双臂，平展，让我从高台一跃而下。我确也觉得，只有那样决然如同弦断，才对得起那个诱惑我一遍遍聆听的乐句。管平湖的《广陵散》中，那个让人想从高台上跃下的乐句，他处理得异常平静，没有任何风生水起，甚至有点枯瘦。我认为应该断裂，应该戛然而止，应该率意而为的地方，琴弦却在游丝样的余音中黯然滞涩，让人憋着一腔孤绝起立，却又不得不叹着气重新坐下，但这种按住不动的逼迫，最后的爆发要比龚一的处理来得剧烈。而勃拉姆斯《B 小调单簧管五重奏》第二乐章中的那个主题，则引诱人在一条幽暗的小路上往前走（那明明是浓荫匝地的盛夏，然而那条路，浸染着深秋的萧瑟），没有目标，没有停顿，没有抵达。白天结束，夜晚来临，花尽叶落，雪片纷扬，不重要。一直走，一种哀伤折磨着，并且使人陶醉。

很多时候，听一支曲子，总是会被环境左右，继而产生的感受，也再无发生变化的可能，它那么固执，偏颇，并且在后来的每一次聆听中，先入为主。《B 小调单簧管五重奏》，便是如此。那是夏日午后，我坐在鲁院的院子里。一些处在光线中的事物，几乎都成了光源：屋顶，楼层上的玻璃窗，植物的细碎叶子，刷黄漆的椅子，水泥甬道。它们移动，反射面朝着各个方向，这使更多的光线交错起来，白光蒸腾。也没有风，一些细节梦幻似的漂浮，一些细节开始游离，鸟雀远逝。都是懒洋洋的，仿佛一些犯迷糊的猫，又似一曲德彪西的《牧神午后前奏曲》。这时候，或许听听光影交织的德彪西不错。但是，单簧管接着弦乐，有点冒昧地，向这个迷蒙的午后走过来，带着明显的边界。

太突兀了。我总觉得单簧管是属于秋天的乐器，它的音色是华丽中的萧条凄冷，是无边落木。而那个夏天，繁密沉闷，绿影叠坠。或许正因为如此对立，充满矛盾，夏日的慵懒反使这首曲子更加孤单幽暗，仿佛沉浸于前尘往事而无法返身。

我偶尔也会猜测，如果那是一个遥远的秋天，譬如金色的风从山坡漫下，叶子溃败如同潮退，南雁过空，一声哀鸣便是一曲柴科夫斯基《如歌的行板》。如果是冬天，大雪封山，雉鸡剪着苍茫，寒鸦在树梢无处可逃，傍晚，亿万个雪花旋转出亿万个漩涡……如果那时候，我在寂静旷野行走，而勃拉姆斯的《B 小调单簧管五重奏》突然从四周响起，如果有那可能，我会听到什么。

然而无法设想的事情总是很多，找不到哪怕小如虫洞的切入口，有时，即便依着惯性想象一些，也保证不了不落俗套。旁逸斜出如果不是自然，便会成为一种刻意和做作，不如没有。这样，我不可能将一个蓦然而来，或者毫无意义的问题当成问题设想答案，我也不可能与这个问题有什么纠缠，我早已学会了果断，哪怕有些决定会招致懊恼。出现的事情，或遇到的情景，我相信，那肯定在恰当的时间。如果提前，那将沦落成一个设定的局；如果滞后，那将是庸人自扰、搔首踟蹰。

这样琐碎地想着一些事情，没有边际，也没有连贯性，慢慢地，注意力便从眼前涣散开去，单簧管富于表情的嘹亮高音，竟也慢慢漾开，如同一些云朵，翻卷着，从中天飘向四周，最终成为山巅淡紫的岚气。院落，以及整个夏日午后，也开始远去。这个过程带点轻柔，带点不舍，然而还是渐渐模糊。

也许远去是回忆唯一的缘由。

巴赫、贝多芬、勃拉姆斯，曾被德国指挥家彪罗称为古典音乐界的三 B，因为他们姓氏的第一个字母都是 B。贝多芬大约是最早来到中国大众间的西方音乐家，1977 年 3 月 27 日，一位在中国的德国记者向国内发回报道，说中央电视台在晚间《新闻联播》后宣布了《第五交响曲》演出的消息，但未提作曲者的名字。演出贝多芬的乐曲，在当时，这几乎是一种象征。然而大众接受西方音乐的过程并不乐观，比如 1999 年，朱丽亚弦乐四重奏团在广州开音乐会，一些人迟到，一些人居然不知道有古典室内乐这样的音乐会，而另一些人，在音乐家开始演奏时，高声喧哗，这不得不使第一首乐曲结束后就开始休息。在后来，人们慢慢熟悉贝多芬，也就是他的几首交响曲，甚至以为他的音乐，不过就是“扼住命运的咽喉”。巴赫，大众或许只知道克莱德曼弹奏的《托卡塔曲》，却不知他本是巴赫的《d 小调托塔卡与赋格管风琴曲》，后来被别人改变成钢琴曲，其他自是不知。至于勃拉姆斯，知之者更少。人们不了解勃拉姆斯，这也难怪，因为连罗曼・罗兰《音乐的故事》这样的书籍中，都不提勃拉姆斯。

在过去的那个时代，1853 年，舒曼对同时代一位音乐大师发表赞扬文章 22 年之后，他又发表了最后一篇评论文章，送给年轻的勃拉姆斯。那时候，勃拉姆斯只有 20 岁，已经创作了不少作品。舒曼从勃拉姆斯的音乐中听到了什么，竟如此寄予期望，或许是年轻吧。但年轻的勃拉姆斯是生涩的，以至于当他在小提琴家约阿希姆的引荐下，来给李斯特演奏自己的作品时，他的拘谨使他紧张得弹不出一个音符。这个来自德国汉堡贫民窟的帅气的年轻人，有着一头金发，目光炯炯，但他内向自闭的性格，显然不适应一些音乐团体。不过他很快在舒曼和克拉拉那里找到自信，并且过了不久，他堂而皇之地进入音乐界。那时候，他或许已经明白，他要做的，不仅仅是为某些个人做出承诺，然后为之努力。他有自己的方向，他将写出自己的《第一交响曲》，并且更多。这是勃拉姆斯的责任，因为那个时候，西欧已经很久没有重要的交响作品出现了。

1869年，勃拉姆斯的《德意志安魂曲》首演成功，这确立了他在欧洲音乐界的地位。这一成功也使他有足够信心来完成写作多年的第一交响曲和其他作品。1876年，《第一交响曲》首演。1881年，著名的《降B大调第二钢琴协奏曲》首演，比洛为他担任指挥。勃拉姆斯最终成为19世纪德奥音乐的最后一位集大成者，他的作品织体精密工整，聆听时无法随意中断，他的乐句简洁，却又精雕细琢，韵味荡漾。尽管他被人们认为是贝多芬音乐的追随者，而他却也被贝多芬的音乐精神所吸引，但他的音乐始终是独立的，正如19世纪下半叶维也纳的音乐批评家爱德华·汉斯利克所认为："一种独立的美，不需要音乐之外的任何辅助，这种美仅仅是也只能是不同音调经过艺术组合后产生的美。"曾有一段时间，狂热的维也纳人几乎将勃拉姆斯想象成了另一个贝多芬：身材同样矮小，不修边幅，爱喝酒，单身。但是他们弄错了。勃拉姆斯是个完美主义者，他对自己的作品要求近乎苛刻，曾毁掉很多自己认为不成熟的作品，而且据说勃拉姆斯凭借乐谱版税和一些室内乐，他的财产超过他以前音乐家（贝多芬、巴赫、莫扎特）的总和，他热心资助自己的学生，又叮嘱他们不要说出去。实际上，勃拉姆斯终究不同于贝多芬。在那个艺术时尚四处充斥的时候，勃拉姆斯是保守的，同样也是小心翼翼的，他的克制、内向和沉思，以及他孤独的方式，使他几乎不像一个德国人。

他的《B小调单簧管五重奏》充满了回忆。有人说，第二乐章开始时，单簧管奏出的那个主题属于爱情，随后的弦乐继续着这一主题，同时它们相互交织，缠绵悱恻。我还是有些怀疑。将一个主题作为基因，将它植入各个乐章，并使它不断变形、增值或者缩减，这本是属于勃拉姆斯的手法。织体纤细,结构严谨,在勃拉姆斯之前,还没有一位作曲家以室内乐为主，勃拉姆斯率先探索了室内乐的各种表现形式，并在其中表现出了精湛的技艺。爱情固然值得回忆，但将它放在漫长的回忆中，我认为还是显得无足轻重。这样，我就不知道勃拉姆斯在这里回忆些什么了。是初识舒曼和克拉拉的那一天,怀念被别人称为“错误的勃拉姆斯”的弟弟,是口袋里塞满糖果，被孩子们追逐的旅行时光，还是回忆在小城苏莲托，坐在他的支持者汉斯立克的橘子园里，喝香槟的情景。这个单身的，越来越胖的，衣衫随便的大胡子勃拉姆斯，外表的粗糙与纤柔内心截然相反，他的细心使他总不忘在乐谱上做一些微小标记，譬如为防止圆号演奏者换气造成间断，而让两位演奏者交接轮替。心思如此细腻，回忆自然如同山峦，连绵不绝。这之间哪些回忆醒目如山尖之松，哪些回忆隐伏如崖下清流，并不重要。只要回忆在音符中，文字记载和语言叙述已显多余。

我喜爱这一乐章，到了不可理喻的地步。我将它存储在随时都可以聆听的载体中，并设置成手机来电铃声。有时，我塞着耳机听另外一些曲子，漫不经心，单簧管的声音突然幽幽地响起，一点都没有外来者的生硬，也想不起它是铃声。一小段听完，而我所等待的那个乐句居然没有出现。总是这样。我已经习惯在这个乐章中看见自己，然后无可奈何地凝视。

我似乎在年轻的时候，就已经老了。我看一条路，总见到终点。那里几乎是一处陡崖，背影走过去，不管轻盈的裙裾怎样被风拂起，或者沉重如同一块黑铁在挪动，它没有犹豫，甚至来不及停顿。它似乎乐于那样做，或者被一股看不见的力量推着也未可知。那似乎又像一只鸟起飞，翅膀平举，空气流动发出一些乐音。那只是一步之遥，而不是一念之差。我甚至肯定，一条路只能那样平稳地中断。它不可能悬浮，仿佛一条水花四溅的瀑布，它也不可能折回，像一张粉红的浣花笺。很多时间里，我一边回望，一边向前。我一直想不通我在回望中怀念什么。我总是想起那些过去的时间，我在八月的旷野里行走，四周群山连绵，山花和阳光一起发出寂静声响。我也想起一些早晨，村庄的炊烟在金色的光线中移动，墙内大麻上的露珠安稳宁静，我推开对联已经残破的木门，看到满目青山宛如昨夜刚刚隆起。回望总是逗留在那个阶段，仿佛再也没有后来。

或许因为那段时间过于熟悉，而我在那里恰好能够收放自如。这几乎是唯一的理由，而我也只能如此理解勃拉姆斯的回忆。

其实，勃拉姆斯的节制和自我抑制无处不在，像他对克拉拉的那份情感：当舒曼去世，他也悄然离去，写出一封封信，却一封都不曾寄出。他的作品，结构永远处于主导地位，而他的情感表达，总是服从于形式的精美。即便再充盈的情感，最终还是趋于平衡和克制，仿佛盛夏走向晚秋。实在如此。当我还在单簧管和小提琴搅起的回忆中沉浸，乐句突然结束。正在专心走的一条路突然中断，又不愿往回走。只好站在原处，四顾，烟水苍茫。那一时，甚至有些糊涂：是人的情绪左右了音乐色彩，还是音乐本身搅乱了人的情绪。但同时又明白，这全是因为他的内向与节制。他遵从音乐的规律，小心谨慎，他不会将情绪过分渲染，但是他的敏感又使他的音乐委婉深曲，那些乐句总能牵动人，仿佛长亭临去一回首。

在 19 世纪众多作曲家的肖像画中，勃拉姆斯显得异常醒目：

浓密的大胡子，宽松随便的衣服，肥胖的身材，但是神情冷静，目光坚定而忧郁。这是老年的勃拉姆斯，已经不修边幅。其实年轻的勃拉姆斯，他的脸部轮廓跟他的作品一样精美。他有点邋遢的外表和他幽静的目光不一致，这透露出他性格中的多样性。勃拉姆斯被视为音乐史上性格最为复杂的作曲家之一，据说他在社交场合，经常胆汁质那样情绪容易激动，为一些意见不合而出言不逊，但同时，又像黏液质那样优柔寡断，自我封闭。他性格上的对立和矛盾，他内心的明亮与暗淡，热情与悲伤，全都不留余地的，投射到他的音乐作品中，这使他的音乐作品同样富于多样性。

德意志唱片公司（DG）有吉列尔斯和阿玛道斯四重奏团录制的勃拉姆斯《G小调第一钢琴四重奏和叙事曲》，这是我喜欢的版本之一。吉利尔斯，这个号称“小巨人”的矮个子俄罗斯演奏家，据说他走上舞台的每一个脚步都是度量过的。有时候，我看视频，看他坐在钢琴前，总有一种替他担忧的不安全感，因为他总是将凳子摆放到离钢琴较远的地方，他坐在凳子上，只占去凳子的一条边线，短小的腿又直直地伸着，我总是怕他将一个音符砸下去的时候，凳子会将他摔倒。但这样的事情绝不会发生，因为他是一个“强壮而有条理，相当真实的演奏家”（勋伯格），他处理作品刚柔并举，激越时，他的手指如同铁锤触击键盘，金鼓齐鸣，气吞万里，那份酣畅淋漓和纯正的阳刚之气，让人深深感受到俄罗斯钢琴学派的魅力，而在低吟处，颗粒一般的琴音，如冰柱相击，均匀清脆。《G小调第一钢琴四重奏和叙事曲》，恰是勃拉姆斯多愁善感、忧郁不安和明朗真挚、热情奔放多重性格的集中体现，最适合在安静的夜晚去听，因为夜晚的每个人，都是一样的敏锐而又善感。

孤寂，不安，矛盾，沉思，晦暗，梦幻，明亮，活跃，到吉卜赛风格回旋曲时的率性蓬勃，一支曲子里，竟然可以感受到如此丰富的情感变幻，甚至会让人迷茫。乐句中间，坐在沙发上发呆，我觉得自己已经十分在意他了。是啊，我愿意去揣测和研究的人越来越少，将来，也许会更少，然而这有什么关系，只要有音乐家还在，便是再没有伟大的音乐家出现，但前人的音乐已达到了完美境地。如此，每一次当曲子在幽暗中回旋时，我那么深切地怀念那个作曲者：他写下某个音符的瞬间，天空飘着怎样的云，风怎样起，草木怎样摇动，四周有怎样的声息，他的内心是否如同现在我所有，如若是，我是要与尔同销万古愁，还是应该去安慰和劝解。

实际上，勃拉姆斯的音乐，充满着阴性和阳性的双重性质。其间原因，或许一方面是他对贝多芬音乐精神的继承，以及古典主义对他的影响；另一方面，他本是一个内心极丰富温柔的倾诉者。两者一结合，有人说，他是古典主义的酒瓶盛着浪漫主义的酒。比喻不恰当，但却也如此。

长时间来，在一个小地方困得久了，尽管已经适应此种隐居一般的生活，但偶尔还是会有被囚禁的感觉。书读得久了，也会感觉厌倦。这时候，听肖斯塔科维奇，会察觉到阴冷尖利，听莫扎特，会因为太过纯净而抱怨，德彪西太无志气，肖邦太诗意，柴可夫斯基又喜欢抽泣，挑来选去，中意的，最终还是勃拉姆斯。譬如选择他的《降 B 大调第二钢琴协奏曲》来听，会释放出许多闷气，并且特别过瘾。

第一乐章开始，第一主题就由圆号奏出一个明亮的乐句，小停顿之后，钢琴回应，木管扩充，弦乐加入。后来，在呈示部，钢琴突然以雷电大作的姿势闯入，将乐曲推向一个壮丽而气象万千的界面。其后，第二乐章依旧充满热情，第三乐章回到幻想和沉思中的宁静，第四乐章又是轻快优雅的舞步，这种感受仿佛在登一座巍峨大山：在布满沙砾的陡峭山坡，攀着巨大滚石艰难前行，山坡一侧，是不见底的黑色深渊，如果不慎掉落，将万劫不复，有时白色云雾漂浮过来，环顾不见任何事物，呼吸渐次困难，等到终于一脚踩到山巅，眼前景象豁然开朗，云层之上的山尖高低起伏，云层在脚下翻滚，如同大海，头顶碧空澄澈，太阳金黄一轮，仿佛踢出去的一枚皮球，四射光芒，山风过来，坚硬清冷，那真是如同屈原所说："暾将出兮东方，照吾槛兮扶桑。"每每听到这的时候，如果手头有什么事情，譬如整理书籍，或者收拾房屋，不论什么活计，都想一拍手撂下不管不顾，然后大开门扉，背起双手，笑着翩跹而去：千金裘，五花马，呼儿将出换美酒。

听得次数多了，勃拉姆斯藏在乐曲中的苦闷我总能体会出许多，他的稳健中正我似乎也能想象，他偶尔的英雄气概，我自然能明白，但他的快乐来源于什么，我一直都处于糊涂之中。也许是，我自己的快乐过于单薄，也许是，那个时代终究离我太远，我无法理解德意志情感在他音乐中的所有表现。

秋天时候，单位换了地址，迁到更为偏僻的地方。路旁有一块已被征用，尚未修建的荒地，长满小蓟薄荷之类杂草，地上落着几座坟墓，喜鹊多，孩子一样吵架，跳跃，乌鸦更多。上班匆促，乘公交，下班可以慢悠悠的一边往家走，一边观望路旁事物。早些时候，小蓟开出淡紫的花朵，薄荷也展出一些细碎浅蓝的花瓣，蒲公英的白色种子尚未逃离，蚂蚱蹦来蹦去，划出弧线，蜻蜓也有，拇指大的黄色蝴蝶忙得不知所措，等到菊芋开罢，秋风渐起，萧条自叶子透出，欲罢不能。立冬之后，下班走出办公楼的台阶时，会看见太阳正在西面的山顶之上，一丈来高。已经习惯于独自来去，塞上耳机，听勃拉姆斯的《e小调第四交响曲》。勃拉姆斯一共写过四部交响曲，但前面三部，均逃不脱贝多芬的光环。《第一交响曲》被称作“贝多芬之十”,《第二交响曲》被认为是勃拉姆斯的“田园”,《第三交响曲》又被比作贝多芬的“英雄”，人们如此认为，肯定会让勃拉姆斯气恼，尽管勃拉姆斯的桌子上，有贝多芬的大理石胸像，但也说不定，那其实是他想摆脱的影子。好在难以理解的《e小调第四交响曲》终于属于他自己。第一乐章，安宁，诚挚，含一丝感伤，如同万木已经凋零时的日落。起伏平缓的低矮山脉，罩着淡蓝烟雾，一些山坳中，积雪并未消融，山腰的灌丛成为黑色，棵棵青杨枝杈分明，已如铜版画伫立旷野。仰头，东边天空的蓝已经浅到需要仔细辨别，云停止飞翔，只是丝丝缕缕的牵连。西天算不上红，但也不是金黄。太阳明明在落，却看不出移动的痕迹。扭头，瞅瞅路边早已荒寒的枯草，再去看，太阳又下降了那么一寸。偶有鼓声自乐曲中响起，我便将那鼓点想象成太阳。

落日辉煌，我喜爱薄暮胜过清晨。如果开始是某种启迪，结束何尝不带一份宽容与悲悯。人走一条路，启示再多，也还得自己亲自去摸索，捷径有没有，似乎不重要。但如果忘记容纳，不曾尝试去理解，沿途经过的所有，说不定也不过是一些冷冷的摆设。落日比朝阳更明白事理，懂得从容，因为它已经走向结束。这样杂乱的将思绪从乐曲中剥离一会，等到反应过来，第一乐章已经结束，抬头去看，太阳也已经将自己浑圆的黄身体拖下山巅，天空只剩薄薄一层灰紫。时间如此切合，仿佛我在有意杜撰。

我背着帆布包，包里塞着书本和笔记本电脑，也不觉得沉，慢悠悠地，通常会将四十分钟的路程，走上一个多钟头。第二乐章开始时，暮色刚好深起来。这是勃拉姆斯最为抒情的乐章。平稳和缓的圆号，恰如浑厚的夜的翅膀，自远处山脉平展而来，羽翼包裹一切，山间升起的烟雾也罩过来。身边尽管车水马龙，却没有喧嚣，我只看见他们的身影，仿佛无声荧幕那样。这也是我已经习惯的方式，彼此错过，从不交涉，如果有一个眼神对视，也是瞬间撤离。我被牵绊的，倒是一些小事物，一棵植物，一只草坪上嬉戏的猫咪，一缕反射过来的光，或者掠过树梢的一只鸟雀。

夜属于深远，有一丝温暖，也带一些安宁。昏黄的灯烛渐次亮起，故事趋于平息。梦幻盛开，回忆随之绽放。尽管会有一些小而又小的冲突，但夜晚终比白昼沉静。我这样想着，又觉得这也许正是勃拉姆斯所想。

我熟悉勃拉姆斯的两张照片，一张是他坐在椅子上读书，另一张是他与小约翰·施特劳斯的合影。这里，帅气年轻的勃拉姆斯早已不见，取而代之的，是一个衣着肥大、精神疲惫的勃拉姆斯。前一张照片中，他虽然专注地盯着书本，但他的坐姿一点都不放松，他似乎时刻警惕着，以应付突至的变化。我甚至相信，当变化真正来到，他的第一反应也只是逃遁。而在第二张照片里，他注视镜头的眼睛，我总是看了又看，那双眼睛中，回忆盖过忧伤，然而无人知此意。时间长了，以至于长到熟悉的时候，我开始将自己的回忆悄悄探出一角搭到勃拉姆斯的回忆中去，这看上去过于狂妄，但有时候，实在忍不住要这样做。小心谨慎，内向克制，与一些圈子有意无意地保持距离，我总认为我便是这样，而勃拉姆斯亦如此。这让我能够猜测一些情绪，在时间的不同阶段，一定相似。不同的是，勃拉姆斯可以借音乐来诉说，而我只能将那些情绪永久贮存。

1897 年，勃拉姆斯逝世于维也纳的时候，汉堡港的所有船只都为之鸣笛并降半旗。幸运的是，1889 年爱迪生录音装置发明后不久，他的助理亲赴维也纳勃拉姆斯的住所，录制下了勃拉姆斯弹奏的第一支匈牙利舞曲，这是世界上最早录制的音乐。

人归暮雪时

——关于贝多芬音乐的几则笔记

来自天空的人物

贝多芬的音乐风起云涌，来自天空。一场社会变革会影响音乐，这是显而易见的事情，但这种变化，并非立刻显现。发生在法国的音乐变化，慢慢波及西方国家，贝多芬是一个推动者。但这并不是说，贝多芬的音乐，高举一面消灭什么，或者颂扬什么的大旗，是面向全人类的声音，不，贝多芬的音乐始终在和个体说话。尽管贝多芬受大革命的影响，曾经像一个革命的古罗马人那样，梦想英雄和胜利，曾让革命的情思和反抗精神在音乐中呼啸，暴风骤雨那样，尽管他曾有拿破仑式的意志，说："可惜我在战争里不像在音乐中那么内行，否则我将战败他。"但是，他的世界并不在此，正如他说："我的王国是在天空。""他把恐惧、畏怯、惊悚和痛苦都搅动起来"（霍夫曼），像搅动起一天浓云，让它们涌动翻滚。他同时将音乐当作与上帝对话的语言，在人们认为的热情和乐观主义的背后，他以主人的姿态，携带他的艰难困苦，以及他的高傲反叛，和上帝坐在一起。他们偶尔吵架，偶尔相视而笑，而这一切，仅仅是因为他的矛盾，以及矛盾中的变化。变化是他音乐中真正的力量。可惜的是，他的倾听者，总是在很晚时刻出现。

与此同时，他改革奏鸣曲固有的格式，不再使传统的公认的形式包裹思想，而是将自己的思想扩展到形式之外，使之自在飞扬。他挑战权威，然后将权威和自由融为一体。

我关注天空的变化，并非有意，环境总会迫使你不得不关注与年龄并不相符的事情。小时候生活的院子里，总会摊晒许多割来的青草，也有燕麦，和当作柴火的头花杜鹃。高原夏季，晨间往往晴好，过午，天气突变。总是西北山头腾起浓云，迅速向中天移动。如果有风，这些浓云会沿着山脉走向东北，雨点落在山中。如果雷电交加，浓云会将整个天空覆盖，随之冰雹肆虐。也有时候，云从东边山腰升起，慢慢积聚，然后成为暴雨。云从山头涌起，这种变化发生时总是无声无息，待到警觉，已成阵势。

抬头看天，我因此慢慢养成习惯。我发现天空的变化不仅仅属于天空，但天空的浩瀚，只在于天空。

罗曼·罗兰说，莫扎特是天之骄子，从天而降；贝多芬是大地之子，由大地而升入苍穹。

贝多芬属于天空，除去他音乐中变化的因素，还有他痛苦之后高歌的欢乐。

他的《d小调第九交响曲》我不知已听过多少次。起初引起我兴趣的并不是曲子本身，而是指挥卡拉扬，也不是卡拉扬整个人，而是他指挥时微闭的双目。我异常清晰地记得那个时刻，在视频中，当一束光从侧面照过卡拉扬的面庞时，令人一下想到窗外金色的黄昏。是，卡拉扬微微低下的头，随音乐抖动的灰白头发，轻阖的双目，眼角皱纹，优雅的鼻梁，瘦削脸颊，那束来自舞台的光给予它们以层次，并且晕染出发散金色微光的朦胧。安详、宁静、从容……似乎所有关于一个温暖秋天的属性，都一一出现。我甚至看到一些宽容和对尘世的理解，那正是那个时候，我慢慢领悟到的，我对生活应持有的轻柔态度。

而在后来，在无数次聆听，并且被《第九交响曲》一次又一次激励之后，我发现我已慢慢改变：我不再被卷入号角的激情中去，不再跟着冲突迷惘，也不再陷进他凄冷的漩涡，很多时候，我只感动于那从天而降的欢乐。感动，我从未轻易说出这个词，我甚至在我的写作中拒绝这个词，也拒绝感叹号。

1825 年，德国诗人雷斯塔伯说看见“他（贝多芬）温柔的眼睛及其剧烈的痛苦”时，他需要竭尽全力才能忍住眼泪。是啊，哪怕是熟知贝多芬的人，也未必能体察他的悲苦：没有温情的童年，如何每日挣取面包的少年，十七岁失去母亲，二十六岁时开始的耳聋、视力减弱、顽固肠炎、肝硬化、肺病、胸膜炎，这些肉体的病痛不算什么，他幻灭的爱情，他的爱憎分明所带来的他人误解与诋毁，他侄子的不争气，抑郁和厌世的阴云，孤独，永远不懂得如何去适应世俗标准……他的痛苦像一座大山，像山顶不停滚落的巨石，更像一座深渊。然而，他没有放弃歌颂欢乐。

在大提琴引领乐队铺陈很久之后（这段时间长到足够每一个准备迎接欢乐的人都望眼欲穿），那来自男中音的吟诵突然出现：“噢，朋友，无须这些声音，且来听这更美更愉快的歌声”，然后，《欢乐颂》从天而降。这是神明的声音，“它的口号是友谊与博爱，它的象征是酒，是予以人精力的旨酒。由于欢乐，我们方始成为不朽。”那个阳光普照的明净时刻，那个天空和大地都洒满鲜花的时刻，那个到处是翅膀的时刻，贝多芬抛弃了那个人间的帝国，和他的上帝站在一起。而那个时刻，他的聆听者，我忍不住想要说：每一个习惯抱怨和谴责的人，都来听一听吧，这一曲实在必要，因为它胜过任何痛苦，也胜过任何轻薄的心灵鸡汤。

有人说，席勒的《欢乐颂》在 19 世纪初对青年产生特殊影响的原因，一是诗中的民主与共和色彩在德国自由思想者的心目中，无异于《马赛曲》之于法国；二是席勒诗中颂扬的欢乐、友爱、夫妇之爱，都是贝多芬一生所渴望而都没能实现的，这两点，足以与贝多芬发生共鸣。贝多芬属意于此诗二十年之后，终于将它谱写进了自己的第九交响曲中。

时光的痕迹

时间是跳跃着前进的，仿佛丛林中的一只兔子。我这样想着，靠窗坐下，塞上耳机。这是北京 409 路公交车，它的终点站是阜成门内大街，那里有鲁迅故居，有鲁迅亲自种植的白丁香和亲手挖凿的水井。耳机里传出的是贝多芬最后一首大提琴奏鸣曲，即《D 大调第五号大提琴奏鸣曲》。我知道，继续往下听，作品将依次是大提琴奏鸣曲第四号、第三号、第二号和第一号。当初是按照这五首曲子创作的先后顺序下载的，但每次听它们，我还是喜欢从后面往前听。

读一本书喜欢从后面翻开，抄笔记，从后往前，有一次，我甚至试图将一篇文章从结尾写向开头，但是否成功，已忘记。或许这是一种恶习吧，已经习惯，便也听之任之。其实，我们面对的，如果既定的程式千篇一律，也会厌倦，然而逆转之后，套路依旧。电影《返老还童》中，一出生便已是 87 岁高龄的本杰明，随着时光转换，依次度过他的中年、青年，后来还原成婴儿，与之同时的黛西，则慢慢长大，最终成为老人，他们试图相伴，然而生命的模式截然不同。如此，在某个未来，如果前一种模式成为一种必然，并将后一种模式取代，这程式还有什么好奇之处。

贝多芬的这五首大提琴奏鸣曲分别创作于 1796 年、1808 年和 1815 年，刚好处于他艺术创作生涯的早、中、晚三个阶段，创作的时间跨度足够明显。这期间，年轻的贝多芬应该像任何一个年轻人那样，经历了该经历的事情，但同时也经历了别人不曾经历的事情。一场革命发生了，一些音乐语言开始注意技巧，往大处说，是这样具有威严气氛，然而一个人走过的四季，波恩小巷，或者令人向往的维也纳，晨曦和薄暮，听力衰退导致的性格变化，资助者去世，从音乐会退出的不得已……无法具体到细节的过程，无法再次听到的风或者雨，一些醒来即刻忘却的梦，一个人一生中该经历的细微部分，一直在改变着一个人。

关于一个人曾经的存在，我似乎只能想象到这个程度，如果再往细处，说不定会成为杜撰。此时正是四月末，杨花迷离，雾霾后的阳光有些温暖，似乎不真实。槐树将形状不一的大团阴影铺到人行道和白色围栏上，细看去，不是斑驳的树荫在摇曳，而是地面和栏杆在轻微晃动。蔷薇从围栏中探出花朵来，月季也是，玫红、浅黄、莹白。以前，我总是将月季和蔷薇分不开，也许是因为在青藏高原，只能看到月季的缘故。行人下去，又有人上来，车子走走停停。罗斯特罗波维奇的大提琴和里赫特的钢琴并不理睬这些，他们的对话一直在进行。那些对话有时激情澎湃，难以抑制，有时又像一枝燃尽的蜡烛，安静下来，但安静并不表示平静。一些喋喋不休，一些小倾诉，一些幽叹，也有一些快乐和英气蓬勃。在那里，当我试图将自己置换成钢琴时，我听见大提琴靠着椅子扶手在絮语，而当我将自己置换成大提琴时，我又听见钢琴蹲在我膝前细细讲述。

这样一边听着，一边扭头向外看时，我发现街头的人都在杨花中减慢了行进的速度，仿佛空气和阳光也是一种阻力。而这慢下来的速度，又一点一点将人变老。我甚至看见从蔷薇花下走过的人，他鬓间的白发根根分明。我想细瞅他的脸，但他的面容模糊，他似乎是很久前我熟识的人，又似乎是，我新近才认识。我将视线往回收，便又看到玻璃窗上的我的脸，她也已经老了，眼角裹着皱纹。但皱纹并不重要，重要的是，她似乎已经历了许多，再没有什么经历比原先的经历更加新鲜。时间将他们都变老了，而我竟忘记了对他们温柔相待，我早该原谅不肯原谅的人和不肯原谅的自己，我也应该早一些明白这道理。这样想着，一时涌上感伤无数。

如果按顺序，从第一首往后听，会怎样呢。贝多芬早期的第一号作品中，时间似乎并没有显现出它的残酷。那时的钢琴有阳光的热情和简洁，那时的大提琴，尽管带点哀伤，但更多的是亲切明朗。但在什么时候，也许是在我听了他晚期的弦乐四重奏之后吧，我已经无法将另一个贝多芬遗忘。于是当我再回过头来听这个作品时，竟然将第一乐章中那个优美的旋律误解成一次华丽转身，说转身前怎样无奈，转身怎样不得已，转身后隐忍中怎样潜藏激愤。

我总是这样先入为主，将晚期贝多芬的影子带到他年轻的时候去，我也总是要将自己偏颇的私人经验，强加给旋律。如此无可救药地陷进去，有时候，我听到的，也就只是自己了。然而，这有什么不妥吗？当我不再被音乐的形式所左右，不再被一个记载的构思所套牢，当我从一个光线迷蒙或者风声渐起的现实滑进一个音乐世界，看到所有的具体化解为零，而所有记忆再不需要文字作依托时，还有什么需要犹疑呢。

也许，抛掉贝多芬晚期作品的复杂和矛盾，抹掉时间留给我自己的痕迹，只是单纯地，从音乐本身去听，或许能听出时光渐次给予他的沉思，以及曲式构思和表现力方面臻于炉火纯青的过程。

然而，我还是喜欢从他的晚期听到中期，再到早期。这种返老还童的逆时光，总比慢慢得来的遍体鳞伤更残酷。

东风夜放花千树

已有二十多年没听小提琴协奏曲《梁山伯与祝英台》了，那时缘何迷上此曲，早已不重要。只记得刚走出校门，住在单位的小平房里，夜晚有足够时间供自己挥霍。昏黄灯光下，抄宋词，读小说，读一些流行杂志，趴在收音机前听某个调频音乐频道，偶尔也在没有任何格子的大白纸上写一些傻乎乎的东西。总是熬到夜深，四周寂静。有月亮的时候，也站在平房前面一棵紫丁香树旁，看月亮。

那时真是年轻，盯着月亮时，居然会想念某个同样如此看月亮的人，不管他在过去的某朝某代，还是在遥不可及的将来。也听一些磁带，都是从街头小店搜来的，大多是些民乐。那时最为喜欢的，似乎只是《二泉映月》和《梁祝》,《梁祝》是谁演奏，不清楚。每个晚上轮换着听，时间一长，都能将一整段谱子唱出来。

一些旋律如果太过熟悉，失去距离，我便会有意躲避。这种坏习惯浸入到生活当中，最终在与人交往时变出形来。当年听过的《二泉映月》和《梁祝》,后来听到的德沃夏克的《自新大陆交响曲》第二乐章“念故乡”、柴可夫斯基的《如歌的旋律》等，如若不小心碰到，都会略去不听。

冬天的时候，似乎一直在感冒。晚上用葱白生姜红糖水服了药，裹着被子就一盏小台灯翻书，感冒药最好的地方就在于能助眠，感冒好不好倒不重要。药劲起来，书本上的字都行走在云雾中。塞了耳机，翻存储的音乐曲目，都熟悉，有点意兴阑珊。夜太静，想起二十多年前的那些夜晚，突然就动了再听《梁祝》的心思。寻找到盛中国的版本，下载来听。

旋律依旧熟悉，可以哼着谱子唱。旋律也优美，会带人迅速进入场景，但它不再给人以预设和想象。它所讲述的事情，已烂熟于心，这让乐句如同语言直白明了。结构也清晰，故事情节的发展大于曲式。然而，它的细节还是耐人寻味，让人沉浸，那些古典的，中国元素，那些逝去的古代中国。

音乐吸引人处，便是音乐可以给人无尽想象，给人以安慰。音乐跟宗教有某种相似处，它给人以终极关怀。

但是凄美的爱情故事，我不会再感兴趣，或许有年轻的姑娘，再次喜欢上这首协奏曲。我这样空茫的为这首曲子祝愿，接着又去听贝多芬的《D 大调小提琴协奏曲》，这其实是带了些比较来听的想法，但没有厚此薄彼的意思。

这是贝多芬唯一的一首小提琴协奏曲，被誉为世界四大小提琴协奏曲之首，也被称为小提琴协奏曲之王，完成于 1806 年。1806 年，是爱神眷顾贝多芬的一年。这年 5 月，贝多芬和特雷泽·特·布伦瑞克订了婚。布伦瑞克还是小姑娘时，便喜欢贝多芬，那时，他是她的钢琴老师。但直到 1806 年，他们才相爱。这是一些柔软的，充满迷人光线的日子，小草似乎都已发芽，花蕾裹满枝柯，云雀在原野忽上忽下。这样的时光，布伦瑞克回忆时曾说：“一个星期日的晚上，用过了晚餐，月光下贝多芬坐在钢琴前面，先是他放平手指在键盘上来回抚弄，我和弗朗索瓦都知道他这种习惯，他往往是这样开场的，随后他在低音部分奏了几个和弦，接着，慢慢地，他用一种更神秘的庄严的神气，奏着塞巴斯蒂安·巴赫的一支歌：‘若愿素心相赠，无妨悄悄相传；两情脉脉，勿为人知。’”

这“若愿素心相赠，无妨悄悄相传；两情脉脉，勿为人知”，绝不似“两心若是久长时，又岂在朝朝暮暮”。

贝多芬并非时刻以怒狮的形象出现。这样平静安宁的短暂时日中，他也有风和日丽梦幻温柔的一面，而且变得彬彬有礼。奥地利音乐家赛弗里德对别人讲起此时的贝多芬，说他兴致很好，心灵活跃，对可厌的人也怀着耐心，穿着讲究，巧妙的瞒着自己耳聋这一事实。

可以想象，在这情景中写下的小提琴曲，该是怎样的光辉灿烂。

第一、二乐章时，还能平静地感受小提琴与乐队的演奏。小提琴处在主导地位，但是乐队的力量并不示弱，有时，演奏有交响的声效。到第三乐章回旋曲时，所有的乐器都踮起脚尖，仿佛它们都穿着漂亮裙子，听者也几乎要跟着它们舞蹈起来，尽管此时，我依旧靠着床头，拥着被子，就着一盏昏暗的灯。音乐中的欢乐如同焰火，在夜空盛放，绚烂夺目，这是猝不及防的华美，连辛弃疾的“东风夜放花千树，更吹落，星如雨，宝马雕车香满路；凤箫声动，玉壶光转，一夜鱼龙舞”都似乎无法比拟，因为东方的欢乐太过含蓄。

我必得翻身而起，在这华彩乐章中，被一只温热的手牵动，必得旋转，必得笑语盈盈。我甚至想象那就是贝多芬的手。音乐中的莫扎特会惹人怜爱，因为很多时候，他在音乐中也是个边含泪水边嬉戏的大男孩，他尽管懂得用音符去如何赢得观众的喜欢，但归根结底，他对未来是迷茫的，惶恐攫着他，他缺乏驾驭的能力。音乐中的贝多芬不同，你不必小心翼翼去关照他的情绪，不必猜测，你也不必担心被他羞辱，像他在电影中露出屁股给他的抄谱者那样，你跟着他一起欢乐，一起胡闹，你也可以因为他的脚步错乱而发点小脾气。你在他的音乐中，可以为所欲为。

萧伯纳说：“贝多芬的音乐是使你清醒的音乐。”这个夜晚，我不幸被这话言中，睡意全无。我也明白，一个人如果曾持久聆听贝多芬的音乐，他将始终清醒，即便他曾经糊涂。

人归暮雪时

所有的繁华已落尽，叶脉失去水分，种子碎裂在岩石表层，虫子僵硬；所有的记忆也已失去痕迹：芳草长川的别离，山岗上薄暮时分的一缕叹息，烛光下碰杯，以及手指在琴键上的恍惚与狂喜。这是时光的最后模样，炉火已熄，鸟儿不见翅膀，原野上的窄叶千里光，不再散发芬芳，也没有林中枝杈摩擦发出的静谧声响。最后总是和最初一样。不同的是，最初是一切形式的迷惘，是无法优雅的仓皇，而最后，是所有行迹归于当初的安详。

脚步失去重量，也没有风或者空气流动来阻挡。不用回望，我知道我的背后，风物已幻化，一片空荡。不会再有变化，哪怕细微的，一棵草染上嫩绿那样。山脉在远方，而我眼前铺展，挤满田野与河道，并且轻微摆动的，是白色风信子和白色九月菊。那是一场大雪纷纷扬扬，而后堆积的模样。我所熟悉的风信子，那裹满花柱的翻卷花瓣，密密匝匝，它们没有叶子，一株紧挨一株，它们高大粗壮，玉米茎秆那样。我所同样熟悉，有着烫发一样蜷曲花瓣的九月菊，它们和风信子一样起伏，它们的花朵硕大，花瓣纷披，却没有垂下。所有花朵，以及茎干，它们融成一种颜色，连同天空，和花丛之间的道路，那是一种毫无杂质的白色。

我在花丛行走，如此缓慢。我的左边是白色风信子，我的右边是白色九月菊。我的行走没有任何目的，不需要停驻，也不用回顾，但我知道，我将继续走向白色前方，这与惯性没有关系，与宿命同样毫无牵连。时间抽身离去，当下的感觉并不清晰，但它又在无形中坚实存在。我停止思索，连简单的想法都已不再。花丛厚实繁密地压过来，遮住道路，我伸出手，将它们拨向一旁。那个细节真实可触，花枝并不僵硬，但花枝的力量厚重绵密，富有弹性，仿佛我在推开一股浩大水流。

这是一个梦，它的结束如同没有结束。

起初，当我听贝多芬晚期四重奏135号作品第三乐章的时候，我眼前出现的总是幽暗森林中的一颗野樱桃树。它的叶子细碎，墨绿中带些黑斑，它从不结果，只是偶尔开出淡粉小花。大提琴带出来的，是那色泽不明的荒草，纠结的灌木丛，以及褐色树冠，它们的色彩相互晕染，最终混同出一片幽暗。而那棵野樱桃树，它并没有成为幽暗的一部分。它的枝丫随小提琴的音阶旋转上升，持续不断。它最终高出乱草，高出所有树冠，在明净天光中，闪烁同样的明净之光。那时候，我总是想，贝多芬，这个来自天空的人物，最终回到天空。

而现在，在这个枯瘦的高原冬天，当我再次迷恋上这一乐章，当我在午后，在夜晚，当我在喧嚣的路口，落雪的窗前，听这一乐章的时候，音乐总会慢慢启开那个曾经的梦：一望无际的白色花丛中，我一人行走，那一时不见回风动地，亦不见霜露沾衣。某个瞬间，我甚至糊涂，那个行走花丛的身影，到底是我，还是来自波恩的音乐大师。

这是贝多芬最后的作品，这也是贝多芬留给我的最后的身影。他以隐忍克服痛苦，用痛苦迎接欢乐，然后，以和平之姿，归于甘美的结束。

关于莫扎特的两则随笔

《安魂曲》

网上订了去看女儿的票，下午漫长，就到附近的车票代售点去取票。取票是其次，其实是看窗外光线纷纷，想出去走一走。出鲁迅文学院东门，往北行不远，便是北四环，公交车轰隆着开过来，小轿车也是呼啸而过。太嘈杂了，我便将耳机音量放大。我原本可以向南走，一直走到对外经贸大学那里去，但想着还是先将票拿到手吧，毕竟这是一件正事。拐个弯，向西，扭身就碰到连翘，一大丛，已经绽放。这让人有点意外，因为前几天我看见墙角迎春花垂下的时候，就想到连翘，还想到柠条。迎春的六个花瓣打开来，圆圆满满，带着孩子气的快乐，连翘探出的四个花瓣，怎么看，都有些孤僻。柠条也开黄色钟形小花，植株和连翘差不多高。但柠条不是观赏植物，它生长在干旱地带，常用来固沙和绿化荒山。连翘都已开花，看来这北方的春天是名副其实了。

其实这一天的光线并不明净，白蒙蒙的有点黏稠，路面和楼层裹在里面，彼此的距离似乎被拉开，甚至有些细微的晃动，人在其间走过，仿佛穿行于某一部魔幻电影中，抵达的可能显得微乎其微。上午，北大教授吴国盛来讲课，说，一个人的目光是打不倒对方的，又说，看着走进门的是一个人，其实是一个大粒子。看惯了的平常事情，一旦用理论解释，就有些胡搅蛮缠，让人笑。这样的白天，听莫扎特的《安魂曲》再恰当不过。说恰当，也只是我自己如此认为而已：白天能看见的这一切，堆砌、交叉、往来穿梭，它看上去如此纠缠、凝滞，带着沉重的下坠感，但它掩盖不住的，依旧是洪荒似的清寂，以及某一时刻突然到来的轻盈，它应该比光线幽暗的夜晚，更具备飞翔与上升的可能，因为夜晚只属于停驻，或抵达。

手机中下载的，自然是卡拉扬的版本。有人说，卡拉扬商业味太重，听《安魂曲》，还是伯恩斯坦那个版本好，因为那是他纪念亡妻的。我听不出卡拉扬的商业味在哪里，单觉得这个版本的器乐伴奏要比声乐部分更能表达感情，沉重、虔诚、恐惧、悲痛……你曾经历过的，你以为它们已葬身某个角落，枯成白骨，一堆零散，甚至焚化成烟，但现在，音符又载起它们，给它们以血肉，以情感，让它们抬起脚，一步一步，从每一个缺口，回到你的内心。当然，看视频时，我还是觉得卡拉扬能像指挥贝九那样微闭双目来指挥，那意味将会更不一样。伯恩斯坦是俏皮惯了的，但在指挥这首曲子时，脸上的俏皮早已不见，他已经那么老，老到让人伤感。我这样偏执甚至无知地想着，边听边走，人就有些恍恍惚惚，眼前的事物似乎都在飘，在远去。倒是珠宝大厦前的一只小喜鹊让人暂时回到眼前。

那果真是一只喜鹊孩儿，污白色的肚腹挺在那里，也不知害羞，翅尖却已有了深蓝色光泽。小喜鹊落在石阶上，歪着脑袋看四周，行人都在匆匆，我又站在行道树一旁。这样的情形大约是安静的，它便大着胆子来回走几步，又跳到树根下，衔起一枚褐色种子，回到石阶上来。种子有些大，它试图将种子敲碎，然而不成功，这花了一些时间。这期间我向它靠近几步，它没理会。敲不碎怎么办，按我的习惯，是应该先将种子弄回窝，再想办法。但是小喜鹊又歪几次脑袋，踱几步后，居然放弃，一起身，拍拍翅膀，向联合大学那边飞去了。这种选择的方式让人有点失落。

很多时候，莫扎特是安静的，仿佛一只鸟衔着露珠唱歌。也有时候，他悲伤，但他的悲伤仍然明净，像一个大男孩那样。每一次，当我静下心来，听一首曲子时，我总会想象那个作曲的人，这跟读文章不一样。读一篇文章时，我会忽略作者本人，甚至，我根本想不到这会是某个人的作品。那个写文章的人，站得那么远，以至于远到与我无关。过于熟悉，或者过于陌生，似乎都是这一种远，熟悉到彼此视而不见，或者陌生到神秘莫测。熟悉和陌生，都是一道玻璃门吧。而听一首曲子时，总觉得曲子里住着作者本人，不管他委婉克制，还是直抒胸臆，他都是可触的，哪怕他的可触，带点虚假成分。有时候，我甚至觉察到作曲者就在我身边，他悲伤时，我想牵他的衣襟，他激越跳动时，我想比他跳得更高。

一本书，如果不能像音乐那样袒露，最少也应该隐藏些什么，譬如一条路径，它或被佳木笼罩，或被荒草覆盖，但它总是在那里。一些读者踟蹰而来，试探，寻找，或者就是无意间，发现这条路，并由此抵达作者幽僻的栖息地，那一时，读者与作者即便不能携酒相顾，偶尔擦肩，也是郑重。

这样走着，《安魂曲》已经到“落泪之日”了，据说，这是莫扎特真正的绝笔。想着先不听了吧，搁着它，这一段，诱惑太大了，还是回到前面“你是威严的君王”上去，那是多么宏大的气势啊，尽管在后来，音渐低，速度渐慢，调性又回到绝望的 d 小调上来。便将曲子倒回到前面。然而后面的“落泪之日”一直在等待，那甚至有些急迫，便又顺着听下来。到“落泪之日”后的几个乐章，就听得有点心不在焉，也许是关于《安魂曲》的传闻太多了，这多少影响了我。有时也提醒自己，专心点吧，这毕竟是一个部分。可这一部分在哪里总有点对不上卯，觉得别扭，像拽着的一只手，拽着拽着，一看，换成别人的另一只手了。

好在《安魂曲》快结束时，羔羊经从低音弦乐的伴奏开始，慢慢又回到原来的路径上，这让人长舒一口气。绪斯迈尔到底是莫扎特的助手，不同于高鹗，将一部《红楼梦》结束的意味全无。想来，这结束的事情，必定不能像时间那样：时间它几乎就是儿童公园里的蹦蹦床，它不停地将你颠上颠下，最后又将你扔到原处，你以为你蹦跳的时候在笑，在游戏八荒，但它其实只给你一条路，那条路那样真实，路径清晰。但也不能像过程那样：想象掩盖着路径，幽暗不明。

取了票，还早，又不想回，漫无目的地顺着文学馆路往东走，身边走过的，多是经贸大学的女孩儿，长发飘垂着，春衫单薄。这样春风淡荡的时日里，逢着这样的女孩儿，却听着莫扎特的《安魂曲》，多少有些不协调。然而转念又想，协调的事情难道必定要锦上添花吗？若如此，时间它就只是一匹下滑的瀑布，事情它只懂得顺序，而你我，也只是落在草丛中的两颗露珠。如此单一，没有相逢，失去回环，所有的高声部走向山巅，所有的低声部浸入水底，鸟散，但没有云合。若如此，死亡它只是沉寂。

其实，想得多了，有意思的事也会煮成汤。早上听课时，觉得轻松，物理学中的世界，仿佛一孩童手里的游戏。想得多，将事情看得过于明白，反而不如糊涂好。几年前，一个午后，几个人坐在院子里聊天，我坐在一边的椅子上，看他们，那几乎是梦一般的瞬间过来，我忽然觉得坐在我前面的，只是一堆泛着柔光的“白骨”，他们姿势优雅，微微抬起下巴，继续眼前的交谈，我自己，也是缩在椅子深处的“白骨”，在静静聆听。那个瞬间虽然稍纵即逝，但影响深刻，我始终不敢向他们说起，因为那一刻，我觉得自己那样阴暗。其实,那一时,我并没有想象死亡的事,也没有往更深处追究，比如，一个场景，是否必定会掩盖另一个场景。那一时太阳光那么明净，微凉的风从青杨树拂下，猫咪蹲在墙头，火车从远处驶过来，在玻璃上震颤出微微的声响，我们喝茶，一切均安详。

一切均安详，哪怕这样的白天，大车辘辘，喧嚣尘上。

十七岁的莫扎特

一

电影《莫扎特传》开始时，自杀未遂的宫廷乐师萨列里向牧师忏悔，承认莫扎特的英年早逝与自己的嫉妒和坑害有关，这对热爱莫扎特的人来说，多少是个安慰。一件事，有个让人哀婉的交代，总比不了了之好。莫扎特到底身患何病，因何去世，至今依旧是个谜。莫扎特病情的症状，便是用今天的医学诊断，也难以下出结论。莫扎特去世的原因，诸多猜测当中，萨列里为除掉竞争对手而加害莫扎特一说最为人们认可。据说1791年12月柏林的《音乐周刊》上，已有莫扎特在维也纳遭毒杀的报道，说莫扎特家属后来也曾证明，当时莫扎特觉得自己已经中毒，并怀疑萨列里。至于萨列里最终精神错乱，向神父忏悔，承认自己谋杀过莫扎特，不过是一个谣传。

一部传记电影，以一个谣传开篇，容易混淆事实，这种试图吸引大众眼球的做法，不庄重，亦不严肃。萨列里在大雪之夜自杀，被仆人发现，慌忙救治时的背景音乐，是莫扎特的《g小调第二十五交响曲》第一乐章。这是一段紧张不安的音乐，音符的跃动风云突变，仿佛一些重大事情即将发生，并且具备毁灭力量，略微的沉重阴郁之中，又隐藏些许逃避意图。莫扎特的许多大调作品，气质明朗，如同秋空高远，又如白道青山，而一些小调作品，几乎都显得忧郁。背景音乐的这种有意安排，蓦然看去，似乎在为电影情节服务，意在托出情况的紧急，但细细感受，又有一种悲哀隐含在内：当初阴谋所针对的，不过是个单纯的大男孩。

我从未改变这种看法：莫扎特始终只是个快乐的大男孩。他尚未做好与这个世界相处的准备，他还在游戏，还在歌唱，他的学习只带有欢乐的成分。他始终不曾将那个时代所具有的一些东西拿过来，武装自己，然后与之对抗。他只看到那个时代的好，他是那浮夸和阴沉人世的一缕光，他带着他的明媚和傲气，他偶尔妥协，将自己的理想和大众口味做一种兼顾，也理直气壮："您完全可以肯定，我的唯一目的就是挣到尽可能多的钱，因为金钱是继健康之后最宝贵的财富。"他始终不被天才的盛名压得弯下腰去，不曾被创作折磨得焦头烂额，便是在穷困之中，他凭借快乐的天性，享受音乐，以及爱。“只要我觉得你什么都不缺，我的一切烦恼对我来说就会变得像珍贵甚至快乐的东西。是的，只要我确信你快活健康，那么天底下最大的痛苦和麻烦对我来说好像就算不上什么了。”他曾如此写信给他的康丝坦茨。他的音乐和他的世间，都没有将他带大，也没有将他过早催老。

写下《g 小调交响曲》的那一年，1773 年，莫扎特 17 岁。

那一年，莫扎特结束近十年的旅行演出活动，回到家乡萨尔茨堡。过去的十年，花放千树。维也纳，慕尼黑，布鲁塞尔，巴黎，罗马，鹿特丹，海牙……走一路，开一路音乐会，所到之处，总有招待会和接见，总有宴请和掌声。然而这也是异常繁忙与辛苦的十年，正如他的父亲所描述：“在这二十七小时的行程中，我们只睡了两小时觉，吃了四只凉烤鸡和一块面包。你可以想象我们的饥渴和困乏。进了房间，沃尔夫冈一坐到椅子上即刻打起了呼噜。他一下子睡得那么沉，以至于我给他脱衣服、抱他上床，他都似乎没有要醒过来的迹象。”不断行走、演奏、创作、学习，周而复始，戴着假发，佩剑而行的小小莫扎特，就在这样的演出旅行之中迅速长大，以至于，从家乡带出的衣服，已经无法再穿。这十年，命运馈赠莫扎特以荣誉的同时，也给了莫扎特以疾病，风湿、咽炎，甚至有一段时间，莫扎特瘦得只剩皮包骨头。

二

萨尔茨堡的十月，天气已经变得清冷，时有雨水不期而至。依旧被荣耀笼罩的莫扎特，暂时停顿下来，神情舒缓地出入于各种公众场合，宫廷、大学、教会、剧院，走到哪里，他都备受欢迎。他的父亲只允许他与贵族、教会神职人员和城市新贵来往，避免与自己同一阶层的人接触。所有的父母，都是如此用心良苦。在音乐以外，莫扎特像任何一个慌忙成长的少年那样，射击，骑马，打台球，跳舞，参加化装舞会，装扮成小丑嬉戏，写打油诗，开朋友的玩笑，渴求精美服饰，搞恶作剧，喝啤酒，试图反抗父亲为其安排的周密计划。

他的个子没能长高多少，越来越瘦，自从得了天花之后，他的皮肤开始泛出黄色，这是一种令人担忧的预示，他的眼睛虽然大而秀美，但长期的熬夜，已使眼神过早黯淡。但是他的手，始终柔软。他的十指，在小提琴、在钢琴、在管风琴上演奏时，如同小兽玩闹，却又敏捷精准。性情温顺，为人良善，凡事替他人着想，十七岁的莫扎特，如同时间之间的一枚青果。

尽管偶尔说点粗话，给朋友写信时，会有一些荒诞和滑稽的词语出现，但他始终不曾将萨尔茨堡的庸俗沾染过来，他自有清晰界限，不会盲目跟随：“我憎恨萨尔茨堡的主要原因之一是这里粗野、放荡的宫廷音乐，一个有操守的正直的人无法混迹于其中。”

抛开他的音乐给我的感觉，我也会时常想象那一时的莫扎特。他如何启唇，如何微笑，如何在弹奏时玩性大发而登桌子跳板凳；他如何激越，如何沉思，如何将胸中狂澜用音符表达。当他早出，十月的冷风是否将他异常突出的鼻头冻得发红，当他晚归，幽暗烛火是否将他的卷发映照于墙壁。他疲累，推开窗户，他是否会长吸一口来自阿尔卑斯山脉的清气，他沮丧，踟蹰小巷，他所居住的那栋米黄色小楼，是否像一个温暖的怀抱那样，向他张开双臂……他做过怎样的梦，怎样静如处子，动若脱兔。罗曼·罗兰说他很难安静地坐一会儿，他总是唱啊跳的，遇到可笑的事会笑得死去活来，并且一会儿哭一会儿笑，一会儿戏谑，他是否果真如此。

十七岁的莫扎特，始终没有一个具体的形象出现在我眼前，哪怕是一个模糊轮廓。我所看过的，莫扎特的画像，我总是不相信那些线条和明暗的处理，哪怕那些画像就出自那个时代，哪怕是画家曾与莫扎特面对面，我怕画家的有意歪曲，也怕笔力不够。我更不相信电影中的莫扎特，尽管他们戴着假发，穿着那个时代的衣服，坐于钢琴前，或者出入于萨尔茨堡和维也纳的街道，但他们始终只是这个世纪的人，他们揣着另一个人的心，将过去的人竭力模仿。

时间的不足之处是，它无法留下过去的影像，让我们在一回首的时候，过去历历在目。科学家对此解释，说我们的过去就在多维的空间中漂浮，本来我们能够回到过去的某个起点，从头再来，但我们只是三维空间的生物，我们享受不了多维空间的神奇，是我们自己无能为力，与时间无关。我对我们自身的进步，再无过多奢求，除去寻求我们的真相，只是想象，我们的过去，仿佛一张张幕布，在某处堆叠。当我们需要，想要重温亲人的温暖，朋友的话语，或者某个迷恋和敬重的人时，只要将某块幕布拉开，他们就在那里出现。

他们行吟高歌，他们轻颦浅笑，他们在有鲜花的夜晚仰望星空，或者在金色的薄暮踟蹰徘徊，我们都能看得清楚。我们甚至能看得清他们衣服上的纹理，光线在他们的脸颊上缓慢摇移，过去的鸟和植物也在那里，还有过去的流水淙淙。一切并未远去，并未消失，他们只不过生活在另一个地方，与我们稍稍有些隔绝。

年轻的莫扎特也在那里。

三

午后无事，手上拿了一件毛线活，放莫扎特的钢琴奏鸣曲听。冬天的阳光仿佛长颈鹿，伸长脖子将头探进屋子，并且到达最里边的角落。许久没有雪，密集的微尘在阳光中浮动。窗外的市声都已褪去，尽管此时大街上依旧车水马龙，落尽叶子的白杨也停止喧嚣，像一场集会结束，聒噪的人纷纷散去。莫扎特的音符纯净得没有任何杂质，随意捧住其中一个，都像捧住了一颗露珠。不忍触碰，亦不忍放置于任何地方。曾经记得一位堪布的讲座，他指着一张平静大海的画面说，这是我们的心。起初我并不理解，后来慢慢练习打坐，终于明白。莫扎特那些安静而单纯的音符，更像我们本自清静的心。

如此一想，忽然又觉得，贝多芬、勃拉姆斯，或者柴可夫斯基，或者其他某位音乐大师，他们的音乐，都需要某种程度的救赎。他们有太多的思绪倾注在音乐里面，山上离宫宫上楼，楼前宫畔暮江流，总是如此。许多时候，他们的音符拽着他们，在荒无人迹的地方行走，夜飞来，或者风暴降临，他们都无法抛开那些音符，并且它们让他们忧伤、哭泣、欢乐、愤怒。他们始终无法摆脱某种束缚，他们只能将自己的心捧出来，浸到密不透风的网里，独自苦闷。

莫扎特只是悠悠白鹭飞，淡淡孤霞迴，他绝非飙风天际来，也绝非光泻一川冷。

然而，一些时候，莫扎特还是像演奏时突然跃上桌子那样，露出一个大孩子成长的惶恐来。《g 小调第二十五交响曲》的第三乐章，是一段小步舞曲。这种源自法国宫廷的曲子，原本风格典雅，速度从容，尽显舞步的流畅与娇媚。但莫扎特的这段小步舞曲，并没有多少欢快和愉悦在里面。曲子开始时那段庄严整齐的旋律，我每次听，眼前似乎都能出现巴洛克风格的屋子里大群服饰华丽的人们正在跳舞，年轻的莫扎特也在其间。但是舞者狂欢，唯有男孩暗自伤感。那种哀伤很浅很浅，仿佛一缕清风上的羽毛，仿佛小院幽径间的花落，它们来自成长的不知所措，来自希望和彷徨。十几年之后，莫扎特给妻子写信,说“我总是在焦虑和希望之间挣扎”。这种挣扎，在他十七岁时的那段小步舞曲中，已经写尽。

许多人说,莫扎特是流着眼泪在微笑,有时,我也会有此种感受。但在更多时候，我听到的莫扎特，始终都在成长中彷徨，失望和希冀，退缩和前进，矛盾，恍惚，不知所措，找不到出路。莫扎特的这些音符是独特的，我一听就能察觉到一个男孩子站在近处，但又无法确切指出。

是啊，我又何必一一指出，他的《g小调第四十号交响曲》中的小步舞曲，有着和二十五号交响曲中小步舞曲一样的成长忧伤，要知道，这两支曲子之间，隔了将近十几年。对于更多的人，十几年，足够将一个青春年少变成俗世庸人，然而莫扎特没有变，尽管他越是成长，越是困境不断。磨难和艰辛，还有哄骗和欺诈，都没有将莫扎特拖入成人行列。

“曲子已经全部作好了，只是还没写下来”，莫扎特说。这是莫扎特作曲情况的真实写照，但也是一个谶语。一语成谶，当我阅读莫扎特传记，见到这句话时，心中一悸。

关键词

——关于《谁为人类忏悔》的一些随想

废 墟

艺术作品中的废墟，全凭手法，看上去，仿佛室内盆景，表情达意，意境深远，有时会有离奇与独创，让人牢记。电影《我是传奇》中，遭受病毒袭击的纽约市，除去前军方病毒学家罗伯特·奈佛，整座纽约再无其他活人，人们逃离，死去，一部分丧尸躲在黑暗之中，每日只等夜幕降临。排除掉人类这一因素，以及出没夜晚的丧尸，废弃的纽约仿佛处在停顿之中，在休憩，在等待蝶变：保存完好的建筑，桥梁、街头路灯、汽车、广告牌、指示灯，它们在葳蕤披离的荒草之中，仿佛深秋刚刚到来，鹿在公路上跳跃，太阳西下，余晖洒在树木和玻璃门面上，罩出一层昏黄……一种带有诗意的废墟，感觉人类消失之后，世界的秩序依旧井然。小说《绿瓶子》中，废墟已经扩大到火星之上，日晷坍塌，沙尘冲刷死去的海床，群山被太阳烘烤，尘埃飘落，一座又一座塔楼，随着人声的出现，裂开、斜依、倾倒、颤抖，然后轰然倒塌……因绝望而追寻死亡的人们，所到之处，废墟也应声而生，结局是，人同废墟一起兴亡。

然而看上去怎样残酷，这些废墟并不会让人感觉沉痛，不会恐惧，不会对未来失去信心，因为它们仅仅来自人类想象，来自模拟，来自仿造。人们在想象废墟的时候，显得理智，显得悲观，好在这种悲观有某种警醒作用，它让人们明白防微杜渐，明白未雨绸缪。

我所见到的真正废墟，多数来自这本名为《谁为人类忏悔》的书籍记录。这是一本经过十五年田野调查和采访之后才开始写作的书籍。十五年，足够令一些作家写出十五本畅销书籍，足够他们成名，经历一些不痛不痒的波折，然后沉寂。十五年，十五次燕子来时，梨花落后，作者古岳先生却如行僧，只在青藏高原的林木草场、山川水泽寂静行走。这并非机械的枯走，而是大自然沧桑巨变的亲历和见证，是悲喜与共。

无一例外，这些废墟出现在景色绝佳的地方，像毒菇腐烂在绿茵之中。通常都是植被覆盖的山谷，开满绿绒蒿、杓兰、龙胆，以及更多不知名目的高山花朵，溪流汇聚成河，散布水畔的石头上，是红色和黄色地衣，那是最早生成的陆地生物种群，谷风清凉，牛羊疏懒，湖在远处，雪峰也在远处……大自然在埋下矿藏的地方，都有鲜明标志，人们带着机器，寻觅而来，仿佛群蜂。喧嚣之后，植被破损，沙石裸露，河水断流，地面遗留的大小黑洞，成为野生动物的葬身之地。

词典里面，废墟的含义过于狭窄，仅指城市和村庄被破坏之后的荒凉模样，但在我想来，废墟的外延，应该有所扩大才能跟得上世事变迁。废墟随灾难出现，自然的灾难，无法避免，然而人为的灾难，叠加在自然之灾难上，可怕在其次，不可原谅的，是凤姐一样的聪明反被聪明误。人的无所不能，随时间发展，宏阔到上天入地，细微处，轰击质子。废墟的出现，当也不再局限于人们长久的驻地。废墟也会出现在天空，在宇宙，或者在一粒原子的内部。

有一次，当我放下阅读的这本书出去散步时，曾被自己的想法吓住：人也可以将自己“糟践”成一团废墟。我那样想的时候，我眼前的世界其实正保持着某种表面上的平静，银露梅正在小公园绽放，波斯菊和珍珠梅也在绽放，阳光有些寡淡，仿佛稀释了的柠檬水，老人们坐在椅子上，一两只大金毛犬被女人牵着走过，远处是汽车驶过的声音。

消　逝

只有变化始终存在，像变化本身那样。此外也有延续，有承接，有交集时分的相似，如同一阵风有另一阵风的速度，一滴雨有另一滴雨的痕迹，然而这并不足以说明有恒定隐藏于变化之中。始终在变化的动荡里面，这种状态无法让我们得到安稳，感觉失去可靠依凭，风雨飘零，但恒定也不一定能带来某种慰藉，不能让我们在晨曦和暮色中伫立。最好的情况似乎从未出现，即便出现，也是稍纵即逝。常见的，多是偏欹，是极端，是平衡被打破之后的诸种怪诞。

许多事情逃不出这种框定，许多时刻亦复如是。

大草原在农庄和森林之外，牧帐在犁沟之外，风过青稞的唰唰之声，最终盖过祖母背上珈链的环佩叮当，是这样无可挽回的远去，如同箭矢射出，烟云尽处，只一片荼蘼花雨，惨淡凄迷。一个人的家园，何尝不是另一人的家园，一个人的回忆，何尝不是另一人的回忆。只是时间似乎过得太久，彼此已经成为参照，早习惯于轻歌曼舞，却又蛮荒遍地。

我从未将一条寻觅之路进行完整关注，我只是偶尔提起，或者回忆，一个片段，一些场景，关乎祖辈，关乎故园，却始终零散。我幼年嬉戏祁连山下小小村落，玩耍曾祖父留下的喜上眉梢的玉佩、一些晚清和民国钱币、铜制水烟壶，以及一两件景德镇瓷器时，隐约记得，这些物件来自高原之外，来自晋南一个名叫赵豹村的地方。那应该是一段名叫走西口的历史，曾祖父弟兄三人以货郎的身份一路向西，颠沛之中，各自寻找安身之所，最终失散，不知所终。所幸有人递送消息，后来祖父找到晋南的堂弟，才恢复联系。那时我被告知，我的故园曾是平原绣野，种植小麦、棉花、辣椒和红薯，甚至在我长大出嫁之时，还收到来自那片大原野的一床簇新棉被和一筐红果。

但在三十多年前，当我离开村庄去山外读书，我才明白，我的故园其实只在高原一个小小角落，那里山峰四面环绕，冬春两季贯穿全年，高寒使雪片替代梨花，人群困顿，贫瘠如影随形。我在那里度过的童年，始终只与山野为伴，独自行走，或者结伙玩闹，清凉与寂静之外，河水汤汤，松涛轰鸣，银河喧响。那是最为丰盛幸运的童年，在时间之间坦然自若，领受自然之美，体会天地寓意。然而这样的时光也是倏忽远去。某一天，当我们离开村落，住进水泥建筑，回身时，察觉那个地方也同时背过身去。它并没有将门完全关闭，但我们已经不会经常回去。土壤是一条纽带，一旦剪断，故园便也逝去。

这其实只是普通一例，来自万千消逝之一。逝去而非失去，前者一去不返，后者犹有重新出现的可能。故园的逝去还算带有一些自知、流连、怅然，以及警觉。然而消逝这件事情并非仅仅如此，它已如同某股气流，某种水势，入侵、扩张、弥漫。消逝的前提来自剧烈或者隐秘改变，这是一个缓慢过程，制造，或者见证，参与者不分你我。多数时候，是群体意欲创建，从头再来，个体淹没其间，逆流者形单影只。有时也有个体突兀出来，引领大众。

与《谁为人类忏悔》的纪实不同，美国作家雷·布莱德伯里的小说《诗篇》则用匪夷所思的故事讲述“消逝”一词。故事中，一个名叫戴维的诗人，他每在稿纸上描述什么，现实中便有什么消逝。他描述一片雾气迷蒙的葱郁山谷，有鸟在桉树上高歌，流水飞蹿，花朵仿佛杯子托举蝶翅，当他描述完毕，因为太过优美，他的妻子要求去那片山谷散步，当他们到达山谷，却发现那里已经昏暗一片，林木花草，飞鸟与鱼，俱已不见。窗外起风，旋转腾挪，他在稿纸上写那缕风，墨水干时，窗外之风已不见踪迹。因为太过精彩，赞誉袭来，盛名之下，那些诗歌被出售到各地。戴维起初只是描述一片山岩，一段草茎，一枚鹅卵石，一滴雨，但在后来，他开始背着妻子描述一只残疾的狗，一只流浪猫，一位邻居老头，一个妇人和她的三个孩子。妻子的阻止不起任何作用，一夜成名的戴维决定写下星空，写万物，写宇宙。故事怎样结束，不必赘述，它并不是一个开放的结尾，因为现实若要结束，并没有开放的可能。

如同我们的世界，这篇小说有多种解读，关键词可以多重设置，消逝一词在其间，玩火自焚似乎也可以一用，但玩火自焚与消逝绝不对等。前者带有过失的嫌疑，让人悲哀怜悯，后者却有一种再不参与的凛然决绝，它来自主观的抽身离去，来自绝望，来自对他者义无反顾地抛弃。

依　存

铅灰色天光下，深冬的大街变得僵硬，落光叶子的树木似乎早就失去知觉，风旋起时，枝条都不肯有轻微的晃动。约是接近年关的缘故，许多店铺已经关门，人们在铅灰的玻璃窗后，不知是刚刚苏醒还是在继续沉睡。在路边，我看见蜷缩身子的小狗，依旧瘸一条腿转来转去，看上去茫然无措。天虽然寒冷，街道还算干净，小狗毛色脏污，分不清是黑还是深棕，仿佛别人丢弃的一团无用之物。我去找一家超市，买两根火腿肠，掰成碎块喂那只小狗。小狗显然已经饿到一定程度，吞咽食物又急又慌，怕火腿肠噎着小狗，又拣起一些，掐成碎屑。

坐车转身离去时，想起这偌大世界里，小狗独自生活，来去无依，遇着饥寒交迫，除去茫然寻觅，再无其他出路。流浪猫狗如此，便是那些被宠养的猫猫狗狗，一旦人们不管不顾，它们也会无所适从，最终如叶付于疾风。想一想，它们的悲哀是，它们不懂得彼此依存。便是知晓相互关爱，老天并没有给予它们彼此帮助的能力。换一个角度，幸亏人类懂得相互依存，懂得合作，懂得爱，若不如此，独自出行于这个早晨的人，跟路边那只流浪狗没有任何区别。

我承认自己并没有彻底帮助那只小狗，理由是，那天早晨我有事必须及早离去。然而万千理由俱不算理由，一件事情一旦开始去做，就不会有更多理由来干扰，如同有困难的问题，一旦决定解决，便是困难被克服的过程。归根结底是，我们的依存，建立在彼此依存的基础上，如果这种依存不对等，或者不需要，我们的私心便会暴露无遗。

关于依存，大自然是最好的例子。小时候时常去嬉戏的那片林地，不能称作是严格意义上的森林，但也不是一片胡乱生长的灌丛。那片林地在一面山坡之上，夹一条红砂石裸露的山沟，要说大，它连一整面山坡都不曾占据，要说小，我从不曾将它彻底穿过，尽管在那时，我几乎每天都要去一趟那片林地。那里植物的生长，层次分明，秩序天然。贴伏地面的，除去绵密油绿的苔藓，便是低矮的匍匐植物，常见草莓和蕨麻，它们的褐色茎须在地面呈网状辐射，开出白色和黄色的小花。稍高一些，多是单茎直立的草本植物，防风、云生毛茛、各种蓼类、风铃草以及长柱沙参，其实有更多植物叫不出名字，它们都会开出秀丽花朵，因为常年不见阳光，茎叶瘦长。灌木是这片林地中不讲道理的一群，长势没有规矩，不成体统，沙棘、小檗、忍冬、柳类、杜鹃，它们往往纠缠一起，不分彼此，党参等一些藤蔓植物又将其缠绕，经过这些灌丛，手背脸颊经常被荆棘划伤，裤脚也会被枝杈扯破。

多年后，当我重返那片山林，进入，试图找寻昔日光阴时，发现那片山林已被彻底改变：人们在那片山坡密植云杉，云杉逐渐长大，遮住阳光，许多灌木渐渐死去，一些依靠灌木生存的草本植物，也已荡然无存，川赤芍不在，陇蜀杜鹃不在，灰栒子也不在，林子底部，除去松针，便是裸露的土壤以及稀疏草茎。云杉林蔓延在整座山坡，看上去蔚为壮观，但植物的多样性已经失去，山林大而无当，没有魅力可以言及。

植物这个无声无息的存在告诉我们，世界不大，人若只依存自己，毕竟不可靠，还需思及其他。

变　迁

秋天来得太早，有些措手不及，尽管在夏日的某些傍晚，我已察觉到秋意萧索。秋气凛冽倒也未必，午间时分，阳光甚至有些慵懒，但秋天确实已在远处觊觎，仿佛一位年龄逐渐老迈的女子，站在长满菰蒲的水畔。读《坐在菩提树下听雨》，忘记是第几遍了，每一次读，似乎都像站在童年的院子里，摊开手掌，等待晴日里偶尔洒下的几粒雨珠。已经足够平静了，微澜没能成为波涛，并非因为风和日丽，而是，极致在暗处，汹涌的深度，凭谁都无法度量。其实在当初，在读完那篇文章，在蒙头大睡的时候，夏天也才刚刚来到。那是一个午后，阳光从窗棂进来，羽扇一般打开，白杨树在楼外弄出大的声响。窗下栽一排白杨的好处是，一旦拉上帘子，便可以将晴空当作雨夜，感受“驱车上东门，遥望郭北墓，白杨何萧萧，松柏夹广路”。然而大睡只是一种方式，当大睡醒后，唯一能做的事情，便是去一座名叫白马寺的寺院，那里有陡峭的台阶，可以坐下来，看山下车水马龙中的你来我去。

一条名叫湟水的河流也在那里，河谷在南北山之间摊开，楼宇、电网、信号塔、车道跻身其间，这使河谷显得拥挤，仿佛一条游动的龙背上长满了某种衍生物，风都无法快意地吹。河流本身已看不到多少，偶尔闪现的一两段，只是蜿蜒的模糊轮廓，见不到跃动的光，也听不到水流汤汤。坐在山崖的高处，耳朵里传来的，只是高速运转的声音：火车、动车、高速路和国道上的汽车，以及天空的飞机。它们都在经过此处，高速路因为离山崖最近，每一辆汽车呼啸而过的声音都听得清晰。河谷也有一些树木，大多是些旱柳，然而和灰色的建筑相比，那几簇植物不过是聊胜于无。

千年前的河谷我不曾见到，我明白，我眼前所见的河流，早已不是往日那一条，但想象还是会逾过千年。我曾在一篇文字中如此描述，我相信那应该是河谷的当初，便是不够确切，也应该类似：午后并不慵懒，光线虽然明净，但是股股清寒自水面拂来，这使得空气拥有一种令人振奋的气息，草木自然最能感受到这些，它们因而显得精神矍铄。草色匀净的滩地上，有大颗卵石点缀，有些石头足够一个人爬上去睡觉。这些石头罩出的阴影中，常有黑色甲虫出没。野花早已绽放，比起白色和青色卵石，花朵的数量更为庞大。粉红、浅紫、宝蓝、明黄和莹白，如若仔细去看，指甲大小的花朵，花瓣和花蕊的结构精巧到令人瞠目……

什么事物最能体现出某种变迁，自然不是河流。算上去，河流也是一种古老的存在，尽管那些流去的水时刻不同。河流穿越时空，即便有路线上的大体改变，有消失和中断，但河流还是串起了古今。河流是一条藤，我们悬挂在上面，看不清它的全貌。我们习惯于河流当前的样子，便是偶尔思及它的远古，觉得它在远古还是保持着今日模样。河谷的变迁才是变迁，它是一种链式反应，最终触及的，依旧是河流。河与河谷的关系，剔除掉地理学上的意义，经济学上的意义，历史学上的意义，哲学上的意义，还有微小的，细节上的意义。

唐人元结任道州刺史时，曾整治过一条名叫右溪的小溪。这条溪水虽小，但溪畔景色动人，“清流触石，洄悬激注，佳木异竹，垂阴相荫”。这样的小溪，若在山野，是逸民退士所游处，若在人间，是都邑之盛景，静者之林亭，但置州以来，无人赏爱，以至使元结徘徊溪上，为之怅然。后来，还是元结自己动手，“疏凿芜秽，俾为亭宇，植松与桂，兼之香草，以裨形胜”。

这是一个正方和反方都可以引用的例子，充满矛盾，但矛盾与流水本身并无关系。

灵　魂

电影《黑暗物质之黄金罗盘》让人难忘的，是另一个宇宙空间里的人类灵魂，它们并不附身在人体之内，也没有抛弃人类离群索居，它们以一些动物的形体存在，人们称之为灵神。这些灵神与人形影不离，它们比人本身还要重要，因为这些灵神不仅是灵魂的存在，同时也是人的思想以及精神的具象表现。电影中，孩子们嬉戏，它们的灵神也在一旁嬉戏，多是些娇俏的小猫小狗；大人开会，门推开处，首先走进的会是一头狮子或者老虎。人群友善，这些灵神会相互追逐玩闹，当人与人交恶，它们也在一旁剑拔弩张。小孩子思想尚未成熟，它们的灵神变来变去，忽而猫忽而狗，大人的灵神，对应他们的品德，库尔特妇人狡诈，她的灵神是一只易变的金丝猴，开飞艇的老头，他的灵神是一只谨小慎微的长耳兔。

作者设置灵神，凭借的是简单的对号入座，善良者的灵神性情温顺，心思阴暗者，身边常走动一头暴烈的猛兽。电影中，黑暗势力试图控制孩子思想，他们掠走孩子，做手术将孩子和他们的灵神分割，丢失灵神的孩子，目光呆滞，神情淡漠，成为病人。电影之后，我曾设想自己若有那样一只灵神，会是什么。起初觉得应是一尾鱼，在水底静无声息的来去，一旦水面稍有微澜，便会掉头逃离。然而鱼群有时聚集，大规模巡游，阵势浩大，我不喜欢。后来觉得还是一只猫更合适。猫天生钟灵毓秀、优雅，但这并非我试图设置一只猫成为灵神的原因，而是因为猫独来独往，有些寂淡山林的萧瑟。我早已习惯在人群中独自来去，此外，喜欢晒太阳，蒙头大睡，对微小的事物充满好奇，也是我与猫的共同之处。猫之外，我也曾考虑过尾巴粗壮的雪豹，但雪豹会猎杀岩羊等弱小动物，美中不足。

人与动物的关系，始终无法和人与人之间的关系相比，除去人已发展到高级，不屑与动物平起平坐这种看法外，认为动物没有灵魂大约也是另一原因，若不如此，电影何故会将动物设置成人的灵魂，而不反过来，设不同的人作为动物灵魂。

当然，这只是一部拍给孩子们看的电影，灵魂的有无，不属于探讨范围。只是这简单的故事本身，惹人遐想，譬如这样的事情发生在我们身边，会怎样。我们的灵神，与自然界的动物将如何相处，它们是否会有某种不同。如果它们彼此视为同类，它们是否会协力合作，共克难关，如果它们彼此视为异类，是否会因为清除异己而展开规模庞大的屠杀。它们是否会彼此混淆，是否因为某种不满而彼此置换形体……关键是，当我们杀掉一只动物的时候，怎样确定，它不是某一个无辜之人的灵魂。

修　复

雷·布莱德伯里的另一篇小说《微笑》中有这样一种节日，小镇上的人们聚集在广场，喝酒，举行狂欢活动，活动内容无非是撕碎并焚毁所有书籍，炸飞机，砸毁他们的最后一辆汽车。自然，还有更多节日，人们会找到其他狂欢活动，譬如炸掉印刷厂，推倒石墙，捣毁水渠。这样的节日名目繁多，但它们并不因此劳累，节日早已成为他们生活的唯一希求和慰藉，他们因此有了欢乐。只是在节日之外，他们忍饥挨饿，无所事事，因为再无太多的事情需要忙碌。

这是一个破败的小镇，建筑物碎裂成为废墟，路面布满弹坑，垃圾遍布，荒芜的田地在远处。天清冷时，人们的手冻得皴裂，气温一旦升高，空气中又满是恶臭。人们总是穿着肮脏的麻布衣服，戴油腻帽子，神情淡漠。他们喝不到咖啡，满是裂痕的杯子里盛着的，不过是野外某种浆果熬出的汁，然而即便是这样的野果汁，也未必每个人都买得起。这是一群不喜欢文明的人，在他们看来，文明像野蛮那样不能容忍。“他们憎恨一切击垮和毁灭了他们的东西，不管那是什么。”

这一次狂欢的内容是，撕毁一幅名叫《玛娜丽莎》的油画。人们从清晨开始排队，他们不会太多言话，因为要积攒唾液。后来人们用铜杆挂起那幅油画，警察用丝绒绳子扯起屏障，让人们朝画像吐唾液。正午时分，画像被交到人们手中。那一刻，人群变得疯狂，他们蜂拥而上，撕扯画像。男人砸烂画框，用脚踩踏画布，并将布片抛到空中，老妪们则费力咀嚼抢来的帆布碎片。除去一个小孩，再无他人看见画布上美丽女子的微笑。

那个怀揣抢来的一小块布片，哭泣着跑出人群的小孩，并在夜晚反复回忆那微笑的男孩，最终会不会成为一个修复文明的人，小说并没有交代。

将一枚折断的兰草叶子抚平，揩去宣纸上多余的一笔，给裂缝的玻璃贴上透明胶布，地板的划痕处，用油漆涂抹……文明的修复有时是这样一件徒劳无功的事，又显得欲盖弥彰，像二月的倒春寒，像你我在清醒时说出彼此伤害的话，入梦时又呓语道歉。

修复同时也是一件无法经受验证的事，它是大浪淘起的沙石，是沙漠腹地的蜃楼，短暂、迷人耳目，它是红楼里勇晴雯病补的那件雀金裘：

一时只听自鸣钟已敲了四下，刚刚补完，又用小毛刷慢慢地剔出绒毛来。麝月道："这就很好，若不留心，再看不出的。"宝玉忙要瞧瞧，说道："真真是一样了。"晴雯已咳嗽了几阵，好容易补完了，说了一声："补虽补了，到底不像，我也再不能了！"

舒伯特音乐随笔

百花杀

2014 年的第一场雪来得太早，才 10 月 10 日，若说果真来得早，与往年相比，也未必早到哪里。有一年，国庆节大雪纷飞，雪片狂舞在红灯笼和茂盛的榆树枝头，竟弥漫出一番愉悦。其实在此之前，那是 10 月 2 日，雪已将远山覆盖。我们原本去山中看黄叶，结果看到浅山寒雪未消时的残冬模样，唏嘘之余，约略见到一些白桦细碎的黄叶上，缀满黑斑，而小檗的红叶，只是暗紫，几乎就是雪化后裸土的颜色。10 月飞雪，实在不算早，在高原，六月飘雪都不足为奇。

夜来大雪，想必纷乱一阵后，必是雨雪霏霏，早晨无非听见淅淅沥沥一阵檐漏，而后清明依旧。晨起，却见天地大变。雪已将所有事物，楼下汽车、水泥甬道、花圃、屋顶和远山，罩得一片白茫茫。记得前一天下班时还驻足在开放的蜀葵和波斯菊前，掰下蜀葵肾形的种子来吃，曾伸手触摸它们深红浅紫的花瓣，以至于指尖都染上了淡黄花粉。现在，它们却在厚实的白雪下东倒西歪，偶尔露出一两片花瓣，仿佛已被热水烫过。街道上，更是混乱。长了多年的榆树，已经能够掩映到四楼和五楼的窗户，现在，枝条全被压折，有些甚至拦腰截断，露出奶白色的短茬，仿佛幼嫩白骨，耀人眼目。折断的枝条和叶子横在路面，汽车无法通行，行人无法迈步，一片狼藉。

高寒的境地里，树木生长实在艰难。我似乎在很小的时候就见到它们在街头慢慢生长，慢慢撒下榆钱、叶子和树荫。它们生长的速度那样迟缓，以至于路旁只有四五层高的楼房，很多年后，才渐渐藏到榆树的枝叶中去。而现在，只是一夜的时间，这些楼房，突然又暴露出整个容颜来，那是略带些暗旧的，回忆的容颜，显得苍老疲惫。

午后买些小得比燕麦籽粒大不了多少的鱼回家，放进鱼缸，它们的名字都好听：红绿灯、凤尾、熊猫、牡丹，大约都是些昵称。以前养过的鱼，除有种鱼叫地图外，其他名称如招财之类，不能叫人喜欢，尽管我曾将它们养成40码的皮鞋大。鱼缸中，凤尾还算活跃，摆动富有魅力的大尾鳍，仿佛在跳西班牙的弗拉门戈舞。红绿灯不适应新环境，显得拘谨，与其他鱼保持距离，只浮在缸底，仿佛沉下去的几枚麦芒，陷进自己的绝望中，出不来。

这样的时日，歪在沙发上一边织毛线围巾，一边看电视，后来电视信号中断，只得放曲子听。

舒伯特的《未完成交响曲》开始时，大提琴与低音提琴的出现，几乎跟窗外天空差不多，低沉，无限制地往下压，深灰的海水一样，有着随时倾泻，淹没一切的危险。指挥家温加纳形容这段旋律，说它“好像来自地底世界的声音”。地底谁都没去过，想必那里除了无止境的黑暗外，还有紧张不安和绝望。如果是长期的低沉和紧张，容易带来一种决绝，那不小心就是高台一跃的放弃。舒伯特写这首交响曲时，只有25岁。25岁，多好的年龄，尽管我在25岁时正陷入困顿，对未来无所希冀。但无论怎样，25岁毕竟是有意气的时候，再消沉，只要环境一好转，人还是容易振奋起来。然而对于舒伯特，这样的时光再也没出现。

要说命运不公，却也如此。当罗西尼用他充满机智和挑逗意味的歌剧征服欧洲大地的时候，舒伯特只能将目光投向小而又小的范围内，为一些诗人和好友的诗歌谱曲。那是一个追求轻松和惊异的时代，遵循传统和关注心灵的音乐，自然会滑向尴尬境地。这也注定舒伯特那充满夜晚气息，偶尔犹疑不决，怀揣牵念，陷入思考，又常被忧伤袭击的音乐，无法在剧场获得成功。它们只能在朋友圈中流传，便是一些大型的曲子，如同他的“未完成”交响曲那样，也只能在他逝世多年后才被发现和认可。

舒伯特内向敏感，小心谨慎，与同时代的帕格尼尼和贝多芬相似又多有不似处，他们都与那个时代格格不入，尽管那时候，贝多芬已经享有盛誉，而帕格尼尼，也已成为一个公共音乐家。时代总有不可理喻的地方，事情总是充满不确定，一些人，总会在不该忽略的时候，被冷落。

如此不得已，如此迷乱。

“未完成”第一乐章在忧郁和少许绝望中过去，想着如果一味沉溺，第二乐章或许更沉重。然而毕竟是年轻的舒伯特，第二乐章却慢慢地，带了宁静的幻想。这使时间温柔起来，仿佛一层浅粉色的薄纱，轻轻罩在眼前事物上。

屋子里，靠粉墙的君子兰想必是国庆节那天绽放的，其实那天我并没看见花朵探出来，第二天，或者第三天，当我看见它的时候，它橘红的花朵被叶子挤压着，要努力挣脱的样子。欣喜地摸摸花瓣，犒劳似的，赶紧浇啤酒，又和它说两句它听不懂的话。年轻的君子兰，第一次开花，经验一点都不足，第一次生小孩一样，硬是将花朵从不该探出的叶子缝中伸出，偏在一旁。不过这有什么关系，当结果总是相似时，我们所求的，何尝不是过程的纷杂和出人意料。屋角，红绿灯依旧安静，熊猫藏在石头后面，凤尾还在甩大裙子，但当我靠近鱼缸时，它们无一例外的，在水中逃窜。

舒伯特是不是也和这些鱼儿差不多呢，这样一想，又觉得不妥。这些身上闪着红光蓝光和银光的小鱼儿，喜欢成群结队显示它们的机敏，倏忽东，倏忽西，沉默中，其实很有些呼朋引伴的味道。舒伯特却注定要独处一个角落，无声息的，用音符温暖世界。这便是他的可敬处，不论现实怎样使人痛苦，对将来的美好，总是要幻想的，尽管这种方式如此柔弱无力。这正如他自己说，我尽可能用我的想象力装饰这个现实。

一个人，在贫病交加时，依旧想温厚地对待现实，这是怎样的宽容和慈悲。

在目标之外

每一次听舒伯特的《降 B 大调奏鸣曲》（D.960），都听不出回忆的味道。有人分析说，舒伯特的这首作品就是从回忆开始的。怎么会呢。我因此选择不同环境来听，夜晚，秋日午后的广场，公园，饮品店，甚至嘈杂的公交车上。但无论寂静还是喧嚣，无论我曾想着多么遥远虚无的事情，只要乐句一起，人就能回到眼前。那个易于歌唱的乐句，仿佛现实的一滴雨，让人瞬间清醒。

也许是自己已经不再喜欢回忆。回忆的时间太长，让人疲累，而且回忆从不曾花样翻新。回忆能做的，只是将一些过去的事无休止地重复，除去徒劳，无任何意义。事情在回忆的起初已经足够清晰，一件事情留下的影子，无需在另一件事情的影子上堆叠。年纪如果轻，还可以在回忆的丛林沉湎，可以幽暗，可以地覆天翻，待到容颜将老，回忆最好能知趣而退，渐行渐远。

然而克制回忆并不排除再去感受回忆。霜降前的一个午后，坐在小区的椅子上晒太阳，耳机中播放着莫扎特的弦乐四重奏。无所用心地听，眼前是斜出篱落的花。秋天的阳光恰到好处，这使菊芋的明黄不耀眼，大丽菊的深紫也不黏稠。很奇怪，一些蓝色狗娃花也挤在大丽菊丛中，带一路风尘。狗娃花一般生长在干燥荒原，喜欢开在崖畔，为了减少水分蒸发，叶子已经窄小成线性。它的枝干总是随意歪斜，自成体态，它花瓣上的蓝色，轻轻浅浅，像极了莫扎特的回忆。莫扎特这个大男孩，毕竟是年轻的，他回忆起快乐，就是快乐，他即便在回忆中伤感，也如花朵般带着明丽。

我在勃拉姆斯的音乐中也时常感受到回忆。他的回忆一如芳草，向远道浸透。有时候，在他的回忆中停留太久，会发现，我自己的回忆也匍匐其间，如同一墙地锦。但我明白，这些回忆的相逢，从不依靠哪一件具体事情，也不凭借哪一段时日，它们自在缥缈，融会时，如两股青烟汇成一缕。

《降B大调奏鸣曲》的演奏一直有两种不同风格的存在，一种速度偏于流畅，首乐章呈示部的反复被取消，另一种速度宽广，那处反复被保留。以首乐章为例，第一种演奏只需14分钟便可完成，第二种演奏则可以超过24分钟。一首奏鸣曲的第一乐章演奏时间超过20分钟，这几乎是一部交响曲的结构了，但这就是舒伯特的风格。人们的解读也因此分成两类，有人说，舒伯特在这首乐曲中放弃了生命的希望，但有人说，这首乐曲中，依旧蕴藏着舒伯特对生命的渴望。

我常选择的，是后一种版本，首乐章刚好20分钟。在被别人冠以悲剧性的乐句中，我只听出舒伯特的平静。那不是刻意而为的平静，而是清风拂过夏日山谷的平静。那些乐句，如同高山上的冰雪融水，流经岩石，流经开满防风和蓝色龙胆的草地，流经灌丛。它们的尽头，时间从来不是黄昏，也不是微白黎明。时间在那里显出恰当的好，不匆促，不慌张，过去不存在，将来未现形，只有现在，清晰，冷露无声。

1828年9月，病情恶化的舒伯特搬到郊外哥哥的住所，那是一幢刚刚租来的三层楼房，因为是新房，湿气重，不利于居住。他的哥哥希望舒伯特暂时停下创作，好好休息，但舒伯特依旧用一个月时间，完成了他的最后三首作品。很多人认为，那一年，舒伯特已经意识到生命垂危，因而急切地写下三首钢琴奏鸣曲。但后来，人们发现他的手稿，那最后的三首钢琴奏鸣曲曾经过多次修改。

想一想，如果生命已经为时不多，除了添乱，绝望、急切和焦虑不起任何作用。这时候，时间已是瓶底最薄的一层水。水在瓶底，能保持的优雅只有平静——仿佛一面小小的圆镜。过去应该由过去负责，如果过去太过懦弱，那就忘记；未来应该交付未来之人，相信那些到达未来的人，总不会将未来当成一些垃圾。所以，现在是如此安宁，没有忧虑，现在的每一些思考，如同飞虫在水面点出的涟漪，波纹漾起，但不指向任何明确方向。

野玫瑰

1816 年，年轻的舒伯特写完歌曲《魔王》后，他的朋友将《纺车旁的格丽卿》《野玫瑰》《魔王》《海的静寂》，以及《流浪者幻想曲》等 16 首曲子寄给歌德，并写去一封长信。他试图将这位作曲家介绍给歌德，希望舒伯特能得到歌德的帮助。但歌德没有回信。

舒伯特的这些曲子，都是以歌德的诗谱写而成。舒伯特是歌德忠实的粉丝，他喜欢他的诗歌，并对他本人充满敬意。当朋友的信泥牛入海，舒伯特还在替歌德说话："他会收到全德国，甚至全欧洲诗人、音乐家、画家、艺术家、哲学家、宗教家、政治家寄去的信件和作品，我想他一定非常忙碌。"

那时，舒伯特才十八九岁，他在他父亲的学校教书，领微薄薪水。他有几个替他出谋划策的朋友，他们欣赏他的音乐，看他作曲，偶尔资助他一些费用。那也是舒伯特创作力最强盛的时期，仅一年之中，他就写了 100 多首歌曲，2 首交响曲，还有一些弦乐四重奏、钢琴奏鸣曲、小提琴协奏曲和宗教音乐。舒伯特对音乐的敏感，使他能够在任何时候都可以作曲——他不借助钢琴就可以吟唱，只要用手指敲击桌面。国语课堂上，他和他的小学生一起朗读《野玫瑰》

时，曾在黑板上为它写下简谱。

我在小学时候，只学过很少的几首歌曲。学校没有专业音乐教师，老师们只要会唱歌，都可以上音乐课。我们的音乐课便是将书本收进课桌，坐端正，手放到背后，然后跟老师一句一句唱，直到将一首歌唱会。有时，老师会将歌词抄在黑板上，没有歌词时，我们便胡乱跟唱。一学期通常能学会三四首歌，但我记得有一学期，我们只学会了一首歌。舒伯特的《野玫瑰》多听几遍就能跟着轻唱，不管哪一种版本，明快的，还是舒缓深沉的，但我在小学时候，从不知道有这样优美易唱的歌曲。

自然也不知道野玫瑰是何模样。时时嬉戏的山坡上，倒是有野蔷薇生长，夏季会开出两种颜色的花，淡粉和浅紫，花不大，单瓣，因为质地太薄，无风时也能颤动。花开得异乎寻常的稀疏，一大丛植株，茂盛的一团，开出的花却只有十几朵。我们从不摘那些花朵来玩，因为那些褐色枝条长满利刺，也因为，那些花朵实在太少。

多年后的一个夏天，我在那面山坡下闲坐，看见河边崖畔一树红云，不知为何物，走去看，原是一株野蔷薇攀崖而生，浓荫遮翳，和几株青杨同高。同样的花，这次却开得繁密，如同上百只粉色蝴蝶齐聚枝梢。同伴去摘花，结果被利刺戳得很快缩回胳臂。奇怪的是，当我看到同伴去摘蔷薇花的时候，没有任何征兆地想起舒伯特的《野玫瑰》：

男孩看见野玫瑰，荒地上的野玫瑰，

清早盛开真鲜美，急忙跑去近前看，

愈看愈觉欢喜，玫瑰玫瑰红玫瑰，荒地上的玫瑰。

男孩说我要采你，荒地上的野玫瑰，
玫瑰说我要刺你，使你常会想起我，
不敢轻举妄为，玫瑰玫瑰红玫瑰，荒地上的玫瑰。
男孩终于来折它，荒地上的野玫瑰，
玫瑰刺他也不管，玫瑰叫着也不理，
只好由他折取，玫瑰玫瑰红玫瑰，荒地上的玫瑰。

世界以不同面目示于人，朗朗乾坤，或者其血玄黄。有时候，世界是一朵饱满丰硕的莲蓬，我们是它孕育的莲子，即便秋冬到来，莲子依旧珍珠一般镶嵌，但有时候，世界就是一朵野玫瑰——你看到它的美，你伸手，你渴望拥抱，但它以利刺回馈。

舒伯特给孩子们上课时，曾采来野玫瑰放在教室，他看着它朗诵歌德的诗篇，他也看着它回忆和女孩一同走过郊外的甜蜜。其间或者有短暂一瞬，他被某种虚幻和哀伤击中，但他从未怀疑，世界最终会以一朵野玫瑰的姿态对待他。

十几年之后，舒伯特又鼓起勇气，将作品19的乐谱寄给歌德，同时写了一篇表示敬意的文章。这一次，歌德依旧没有回信。据说歌德当时正忙于自己最后的创作，所以连贝多芬寄给他的信都没有回复。说歌德到了晚年，才第一次在一场音乐会上欣赏到《魔王》，当他听完后，感动得流下眼泪，但此时，舒伯特已不在人世。

读舒伯特传记，感觉唯一能体现世界之温暖的是，舒伯特始终有几个相追随的朋友，被人称为“舒伯特帮”。他们筹划、谋商，为舒伯特出版作品，举办音乐会，提供居所。还有贝多芬的赏识与称赞。早先时，舒伯特和贝多芬并未交往，舒伯特始终不敢走近贝多芬，只远远带着崇敬之情凝望。舒伯特第一次大着胆子去拜访贝多芬，贝多芬刚好出门散步，未能相遇。据说后来贝多芬病重之时，舒伯特曾去贝多芬家，与深深敬爱的贝多芬进行最后的告别。但直到贝多芬去世时，才有人告诉舒伯特，说贝多芬重病之际，曾经常看舒伯特的作品，并称赞说，舒伯特有着神一般的才能。听到这话的那一时，舒伯特曾兴奋得浑身发抖，他低头沉默，为伟大音乐家的逝去而默哀。

佛兰德的虞美人

——关于《植物知道生命的答案》的另一些解读

一

“从一个更哲学的层次来说，植物能记住它看到的最后一种颜色。”

假如你是一株大花马齿苋，那么，每一个早晨，当你告诉自己，太阳已经升起，光芒四射时，你便会开出花来。是，是你告诉自己，太阳已经升起，而不是一口奇怪的钟大吵着提醒你。你对夜晚和白天的变化，已了如指掌。你了解的白天，并不是它怎样斑驳陆离，你了解的夜晚，也不是它怎样掩藏人间悲欢，你了解的，是它们的本质：没有光的夜晚有多长，白天便有多短。你如此理智，你的美向来有目的，对此你并不愧疚。本性没有善恶，生存高于自尊。白天不能浪费，光是食物，这不容置疑。

薄暮降临，如此快速。你将隐隐看到光线中那一缕远红光愈来愈弱，那是一种信号。你总是比人能看到更多的光，分析光，研究光。你知道它的方向、强度、持续时间，以及颜色。你甚至能察觉到人类察觉不到的电磁波。当远红光出现，你便知道，一天即将结束，虫子不再游荡，蜂蝶回到睡眠，于是你收拢花瓣。浪漫属于人类。你的花瓣在夜晚开始休息，因为对花瓣而言，夜晚无利可图。

“植物没有眼睛，正如我们没有叶子，但是我们和植物都能察觉到光”，因为如此，在某些方面，人类模仿植物生活，但远不及它们。特德·姜的小说《你一生的故事》中，外星人七肢桶更像地球上的一些植物：生活如一幅二维平面展开，路径清晰，细节呈现，它们所有的行动，直达目的。但小说中的人们，在自己的星球上摸索前行。

只有更简洁、更清晰、更明白，才会更长远、更辽阔、更稳固。

二

“就棉豆而言，它们自然喜欢群聚而生，这对于实现一株有难、八方知晓的目标来说远远足够了。”

对一株植物而言，“会说话的树”绝不是一个童话故事，也不是寓言。在植物之间，信息的交流从未停止。譬如那几个懒得成熟的鳄梨，不小心混在苹果篮内，篮子里已经成熟的苹果们正在催促那些尚未成熟的苹果，好使它们全都成熟。苹果们互相催促，这个信息不小心传递给了鳄梨，于是鳄梨也慌乱起来，开始成熟。不管是鳄梨还是苹果，都是这场运动的一分子，任何消息的发布与扩散，它们都参与其间。

一株植物绝不愿单独待在某地，也不愿身体上只留下一个叶片。

“万物群生，连属其乡”的至德之地固然难求，“物以类聚”却是必须。一只虫子对叶子肆无忌惮地啃咬肯定不是好事，若不阻止，其他叶子也将遭殃，病菌滋生若不预防，将祸及其他。忧患意识从来都有，外物的任何一次侵扰都会激起植物的斗志。但每一次行动，植物都不需要思虑，不需要标准，不需要制约，只要发出警告，号召大伙：抵御，抵御，抵御。

植物的“语言”如此精准，如箭矢射出，击中靶心。而人类的语言过于肥厚，过于迂延，有时如大海上的一叶舟，漫无目的，迷失方向。

三

“然而，也不是所有植物对于陌生植物的存在都采取害羞躲避的反应方式，野牛草也能区分自我和非我。”

植物绝不像看上去那样，一生全由外界控制：东风浩荡时绽芽冒叶，深秋一夜西风，碧树凋尽，冬日苦寒，仲夏毒螫……不是这样，植物的觉醒和抗争，植物为赢得安居乐业而做出的努力，从未在土壤深处停止。

仿佛一个性情内向的孩子，表面上的安静，并不说明内心毫无波澜。

拥有大脑的动物们，来去在大地和天空，感受，反应，观察，记忆，人们在此基础上，认识，分析，判断，决策。土壤之内，植物的根同样在试探，搜寻，拓展；在标记，证明，宣传。植物的根系结构，更多的类似于动物的神经网结构，达尔文曾说："具备如此禀赋的根尖，拥有指导相邻部位运动的力量，说它像某种低等动物的脑一样活动不是夸大其词。"

对于大多数动物而言，没有光的土壤内部无需涉足，只要利用就已足够，但对于植物而言，土壤之下才是它们的故乡，在那里，它们驰骋纵横，大地之上不过是它们暂居的他乡。

四

"捕蝇草可以像所有绿色植物那样进行光合作用，但它们也能食肉，靠动物蛋白来补充膳食。"

阿瑟·克拉克在小说《太空漫游》中，用想象解释趋同演化：木卫二欧罗巴上，有许多生物，无一例外，它们行动缓慢，蹒跚而行，原因过于简单，那是一个低能量世界，没有游离的氧可供呼吸，还有，"欧罗巴海洋里的鱼和地球上的鱼有明显的差异，它们没有鳃，因为在它们的环境中根本无氧可用，此外，欧罗巴海洋里，只有极少数的鱼有眼睛，因为除了少数熔岩冒出时会发出微弱的光线，以及少数生物在觅食或寻配偶时偶尔会发出生物冷光外，那是个黑暗的世界"。

生物体层次上，一株植物和一个动物对碰触之类物理刺激的反应方式明显不同，但在细胞层次上，引发的信号却高度相似。如果你是一株植物，譬如你是一株含羞草，当人类手指碰触你的叶子时，你的细胞所受到的机械刺激，"正如人类的神经细胞受到刺激那样，会引发细胞内外离子条件的改变，从而引发电信号，这信号会在细胞间传递，并在包括钾和钙在内的离子通道、钙调蛋白及其他植物组分的协调活动中发挥作用”。就是说，对植物的任何一次碰触，植物的感受和人类一模一样，只不过是，人类因为有大脑，对疼痛有感觉，所引起的反应是避免疼痛，而植物的反应，是调节发育，以更好的方式适应环境。如果从细胞层次上说，拥有同一祖先的植物和人类，除去分离演化，趋同演化也一直存在。

但是命运各有不同，在同一颗星球上，没有谁的命比谁更好一些，也没有谁的命比谁更不好。

植物所有的反应都是为了自己，相比植物，人的可爱之一大约是，惜花心情。这些心思，得以保存在不同形式的艺术中。人之所以惜花，是因为除去象征，人更容易从植物中看到自己，梵高的向日葵和鸢尾，莫奈的睡莲，无不如此。杜甫的芦苇，亦复如是：

摧折不自守，秋风吹若何。
暂时花戴雪，几处叶沉波。
体弱春风早，丛长夜露多。
江湖后摇落，亦恐岁蹉跎。

五

“我们把这些声音回放给月见草，检查它们的花蜜，令人高兴的是，暴露在传粉者的声音之下的植株，它分泌的花蜜果然比那些始终处在安静环境中的植株的花蜜含有更多糖分。”

我养有一盆君子兰，分株前后时间加起来，约有十四五年，或者更久，每年都会开花。有几次，它在一些特殊日期开花，譬如女儿回家，我的生日，元旦，这使人惊喜。于是私下认为它有灵性，不容任何不洁之物碰它，甚至不许对它说不好听的话。除去君子兰，家中其余花草，一株薄荷，一枝野外移来的蕲艾，一盆蛇莓，或者一盆观音莲，我都不许家人嫌弃，说它们长得不好，是野草之类。而每当它们要开花，或者开出花来，我都会俯身赞美一番，觉得它们能听到，并因此自信，而愉悦，而继续将花开得更好。

明知这在科学上没有任何道理和依据，却依旧如此，并成为习惯。然而也有这样一些例子，让我觉得，我的想法并非全是荒谬：

“据说城市管道工在几十年前就知道一种现象：树木的根经常会包围地下的供水管和污水管，甚至浸入其中，导致大量设备损坏和财产损失，尽管工程师和科学家大都假定是这些管道先出现渗水，然后把根吸引过去，但加利亚诺的研究结果却提供了另一种可能性——树根可以被管道中流水的声音吸引。”

就是说，一株植物真的会对声音信号有感应。植物会趋近它，判断它，并做出反应，但植物从不表示。从这个角度看，植物有可能是一种比猫更“傲娇”的存在。

养猫的人讨好猫，养植物的人讨好植物，人好像生来就是要讨好他物，植物在地面上的部分，花和芬芳，也与人相差无几。

六

“事实上，植物忘掉的东西比它们记住的东西多得多，特别是在记忆胁迫的时候更是如此。”

刘慈欣的小说中，某种外星人有一种不同于地球人类的能力，他们生来就携带祖辈记忆，人类文明发展缓慢的原因也在这里。任何一个地球上的孩子，他们出生时，记忆为零，他们要不停地学习，才能获得祖辈们积累的经验，这是一个重新记忆的过程。但是，所有的记忆都有用吗？植物回答说：不是。

植物忘掉的比它记住的多，就是说，大风撼动一株老槐树，槐花簌簌，乐观之人捡得槐花回去煮槐花饭饕餮，悲观之人捡起槐花一番摩挲感叹，对此槐树都不会有看法。槐树只记住大风过，而不会记住槐树下的人。

植物能记住的，除去自身，再无他物。它所有的属性、定义、概念，来自人类，它所有的传奇、记录、演绎，也来自人类。人们认识一种植物，不过是在认识自己杜撰的知识。如果不去研究，不去分析和判断，植物依旧是那个植物。植物不会为人为的高贵或低贱而改变自己，植物也不会因为某种荣耀而放肆。植物承载更多的象征，在某种程度上，这是植物背负的重担。荆棘与玫瑰，荆棘原本并不是嘲弄和诅咒，玫瑰原本也不是爱情和幸福。“在佛兰德战场，虞美人正在盛放”，如果佛兰德不是战场，虞美人依旧会绽放。

植物在自己的时间中，过完自己的一生。它们在自己完整的时间曲线内，经历荣枯。塔可夫斯基说，时间和记忆交融，如同一枚勋章的两面。失去记忆的时间，当毫无意义。时间没有正确与错误之分,它只有刻度。在我们以尺度为标准的时间之中,人们所经历的,和植物所经历的,是相同的轨道。“朝菌不知晦朔,蟪蛄不知春秋”,如同我们不知万年之前,千年以后。

如果有个星球全是植物,不一定更好,但也不一定更坏。

后　记

这本书中最早的篇章《独想》写于2007年前后。十三年前的文字，今日再读，读出的全是十三年前的意绪，尽管那只是写给一首曲子的文字。现在，我很少再去听那首曲子，不是因为喜新厌旧，而是再无曲子所表达的那种心境。心境不同，所感便不同，那时听《独想》，觉得曲子就是自己，现在再听，恍如回首梦境。这本书中最近的篇章《佛兰德的虞美人》完成于2019年底，是一篇应邀之作，有限定，写起来便不能随心所欲。因为时间跨度大，我曾犹豫要不要将这两篇文章收入，最终还是决定收录，因为这原本就是一种时间跨度。

十三年，足以让一个年轻的人慢慢老去。人的改变，镜子内外可以呈现，其间所写文字，前后变化如何，自己却不甚清楚。但我能肯定的是，于读书写作，我一直心怀虔诚，一直学习累积。这也是我本性使然：喜欢一件事，便会努力做好，不是为某种虚妄的好，而是使自己感觉欣慰。

书中收录的文章，内容多以书籍、电影、音乐为主，也有一些关于时间的篇章。时间像我们的影子，我们又仿佛是时间的影子，如此难解难分，当然，这些关于时间的感想，与科学没有多少关系，它是随性的，欠缺逻辑。书籍、电影、音乐，也仅仅是喜欢，因此在任何一个方面都不能专精。因为喜欢，而去接近，如同穿行山林时绕道去看一眼那些感兴趣的草木，来去兜转，兴味盎然，但也仅仅是兴趣使然。

我原本只是一个业余的写作者，偶尔写，偶尔不写，写什么，不写什么，全凭喜欢与否。我从未给自己写作这件事预定目标，也从未施加重担。我只是凭一颗良善之心，以及对时光万物的尊重而写下一些篇章。怎样认识，就怎样书写，在自己的文字面前，呈现真实。

谢谢你的阅读。

2019 年 12 月 25 日于西宁